Bernd Gerken   Momente Wahren Lebens

AF285953

Für Annette und unsere Kinder

Bernd Gerken

Momente wahren Lebens

Geschichten um den heilenden Abstand zum Ich
Oder: Aus einem Leben zwischen den Welten

Books on Demand GmbH, Norderstedt, www.bod.de

Umschlagfoto: Morgensonne über den
Bergen des Alentejo, Haliotis-Zentrum
in Süd-Portugal.
Foto: Bernd Gerken, Januar 2007

Dank

*Ich danke Arnulf Ummen, Höxter,
Henry Nold, Darmstadt,
Max und Marcel Züger, Aargau/Schweiz und
Hajo Kobialka, Höxter.
Ihre Unterstützung bildete die Grundlage
für den Anschub des Projekts Haliotis,
für die Bereitstellung des Ortes in Südportugal und
die Vermittlung guter Kontakte zum Aufbau des
Netzwerks. Sebastian Hehn danke ich für seine stete
Unterstützung und inhaltliche Bereicherung von Haliotis
- und hier besonders für seine Begleitung bei der
Herausgabe dieses Buchs.*

Windschutzkiefer an der Algarve - Küste

ISBN-13: 9783837019506
Verlagsnummer 17802
Alle Rechte vorbehalten
Copyright 2008 by Bernd Gerken
Jede Art von Vervielfältigung, Druck, Speicherung bedarf der
ausdrücklichen Genehmigung durch den Verfasser in
Abstimmung mit dem BoD-Verlag
2. durchgesehene und erweiterte Auflage 2008,
mit sieben Originalzeichnungen und fünf Fotos des Verfassers
Books on Demand GmbH, Norderstedt

Inhalt

Abbildungen

Geleitwort

Ich wollte keinen Guru oder Kung Fu Meister oder geistigen Führer. Ich wollte nicht Zaubern lernen oder die Kunst des Bogenschießens. ich wollte nicht lernen, wie man meditiert, seine Chakras ins Gleichgewicht bringt oder sich an frühere Inkarnationen erinnert. Solche Künste und Disziplinen sind im Grunde egoistisch, ihr Ziel ist der Nutzen des Schülers – nicht der Welt.

Das Wichtigste, das ich überhaupt bräuchte, sei ... ein Lehrer ... . Einen der mir zeigte, wie man ... na, ja, wie man diese Welt rettete.
Daniel Quinn – im Buch Ismael

„*Diese Landschaft nudelt Dich durch!*". Mit Hotel oder „bed & breakfast" im Rücken während einiger Wochen Ferien merkst Du (fast) nichts davon. Sobald Du Dich entschließt hier zu siedeln, zu allen Jahreszeiten Deinen häufigen oder ständigen Aufenthaltsort im Südwesten Europas zu nehmen, wirst Du es früher oder später erfahren. Deine Erfahrung wird umso unmittelbarer sein, je einfacher anfangs Deine Lebensbedingungen sind. Solltest Du sogleich mit jenem Komfort hier leben, wie Du ihn aus Mitteleuropa gewohnt bist – mit Toaster, doppeltem Fernseher, Klimaanlage und *„gut gepampert"* mit weiterem Luxus, dann wird diese Erfahrung nicht so ausdrucksstark werden, als wenn Du Deine Häuslichkeiten ganz neu entfalten musst.

Die Landschaft des Mittelmeerraums kann lieblich sein. Sie ist eine Traumlandschaft des Europäers! An milden Meeresküsten gilt dies überwiegend, und die Küste des *Algarve* in Südportugal ist ein Beispiel dafür. Doch ihr Kennzeichen, am Algarve schon nach wenigen Kilometern landeinwärts zu erfahren, sind die Extreme. *Winters viel Wasser,* tage- bis wochenlang und oft mit heftigen Gewittern sowie nasse Kälte um Null Grad und dazu Aprilwetter-Sonnenlücken. *Sommers* - und so oft schon ab März – *heizt „unerbittliche" Sonne* die Böden und Luft. Und zu allen Jahreszeiten treten unvermutet heftige Böen auf, starke reißende Winde. Sie bewirken Austrocknung oder peitschen Wasser in die letzte Pore. In den Trockenzeiten trägt der Wind feinsten Staub. Es gibt schon genug austrocknendes Land auf Iberien, so dass er ihn leicht findet, und öfter kommt doch noch etwas von der Sahara hinzu. Selbst milde Küsten lassen diese Extreme erleben, wie die Steilküste der *Costa Vicentina,* wenn die Brecher des Atlantik im winterlichen Sturm zehn bis vierzig Meter hoch aufs Land schlagen, oder wenn an der *illyrischen Küste* bei Crikvenica die kalten Fallwinde der *Bora (Burja)* orkanartig mit an die zweihundert Stundenkilometern Geschwindigkeit die

8

Wolkenwässer übers Meer peitscht!

Was Dich *nudelt, durchwalkt, Kraft fordert, das* klopft an Dein Ego, sich nun noch stärker zu rühren, als im normalen urbanen Leben. Es schürt Deine innersten Ängste, weckt Ärger oder Furcht, setzt Dich in Erregung. Dein Ego will sich behaupten. Genährt wurde es seit Kindertagen, um später im *Beruf* als Erwachsener sich durchzusetzen, Deinen *Lebensstandard* zu finden und zu halten. In der Auffassung der *Taoisten* überfordert und schwächt der *Ego-Bezug* Dein *Bauchhirn*. Doch unsere Gesellschaft, unsere Industriezivilisation, läßt uns das vergessen, je weiter wir in die Vernunft-getragene Welt hineinwachsen und uns in ihr einrichten. *Wie und wo sollten wir uns denn auch sonst einrichten?*

Unausgewogenheiten im Gefühls- und Verstandesleben bilden sich ab in labiler Gesundheit. – Das wird hingenommen oder *mit Tabletten gedeckelt.* Und letztlich schreiben wir gesundheitliche Probleme *dem Alter* zu.

Kein Wunder, dass aufrührende Landschaft diese Unausgewogenheiten ins Bewusstsein rücken wird, wenn Du diese Landschaft wirklich an Dich heran läßt! Im Urlaub wird dies zumeist unbewusst *gesucht* – doch in der Kürze der *Zeit zum Ausspannen* rasch wieder verdrängt. Sobald wir uns dem öffnen wird unsere Besinnung auf das tiefer liegende, auf echte Ursachen gelenkt. Dann hilft die aufrührende Landschaft einen

Verständnis- und Heilungsprozeß in Gang zu setzen! Das Aufwühlende der Landschaft führt Dich an die eigenen Grenzen. Du wirst irgendwann hinterfragen, welche die Werte sind oder waren, die Du Dir für Dein Leben bisher zurechtlegtest. Welche Werte Deine Kinder dereinst in ihren Leben schätzen und pflegen mögen.

Momente des wahren Lebens läßt unmittelbare Landschaftserfahrung und persönliche *Empfindung des Spannungsbogens von Landschaftsoase und Natur-Unerbittlichkeit sprechen.* Es verknüpft sie mit Gedanken um heutige und künftige **Landschaft mit Natur und Menschen darin**. Obwohl wir es gewohnt sind, die drei als Gegensätze zu empfinden, die einander stets im Kampf zu begegnen scheinen, so passen sie doch sehr gut zusammen. Wir werden dieses *von Natur aus zusammenpassen* wieder lernen. Das geht nicht nur „sogar im Computerzeitalter" – und es hängt gar nicht von äußeren Bedingungen der Gesellschaft ab. Es hängt nur von jedem Einzelnen ab. Zu diesen Einzelnen gehören ich und – D u !

Insofern ist dies ein Buch um Gesundheit, Freiheit und Glück. Landschaft und Natur tragen alles, hier im Buch wie draußen! Du magst es auch Universum nennen, oder Gott. Es ist daher auch ein Buch für Siedler – in Träumen, oder gleich beginnend in der einzigen Wirklichkeit des JETZT. Ich danke allen Leserinnen und Lesern, dass sie mit mir und uns nun eine Wegstrecke gehen!

Santana da Serra und Marienmünster, im Januar 2008
Bernd Gerken

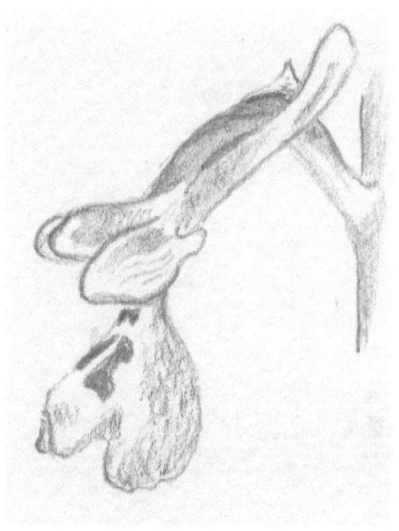

Blüte der Affenorchis

Momente des Lebens,
die Mittelmeer-Landschaft
und die Landschaft in uns

Die Texte dieses Bandes entstanden in Portugal, dem bemerkenswerten kleinen Land unter der Sonne des südwestlichsten Europas. Die Inspiration dazu lieferte die Landschaft des Algarve und des Alentejo, und die sich ausdehnenden, ausdörrenden Kultursavannen und Wüstenvorstadien, die ich auf den ungezählten Hin- und Herwegen durch Frankreich und Spanien im zwei- bis sechs-Wochentakt durchreiste. Im Vergleich zu Spanien ist Südportugal sogar noch als grün zu bezeichnen! Allesamt sind es Landschaften mit starken Kontrasten, Härten und Unerwartbarkeiten.

Die südeuropäischen Nutz- und Siedlungs-Landschaften hängen zunehmend am Tropf der Tiefenwässer. Tiefenwasser wird alltäglich gefördert. Es dient dazu Illusionen eines europäischen Palmen-Paradieses den Touristen zu bereiten und auf Zeit das dörrende Land wenigstens noch für Plantagen der Agrarproduktion zu nutzen. Darüber hinaus fehlt es offenbar an langfristig wirksamen Modellen des

Lebens, die ohne diesen Tropf auskommen werden.

Es ist unrealistisch, ganze Landschaften die nächsten vier oder zehn Generationen am Tropf zu halten. Es sieht doch jeder ein, dass so etwas nur ein Behelf ist! Ein Behelf ist nie länger als ein paar Jahre sinnvoll. Und doch geht das mancherorts schon seit viel mehr als zehn Jahren. Na, wenigstens schaffts´ viele dazu passende, bloß eben nicht nachhaltige Arbeits-Plätze für Menschen.
Also doch weiter so? - Es geht doch auch so!

Der Tropf ist die eine selbst gemachte Crux, die Stauseen sind das andere Dilemma. Iberien hat m Satellitenbild, um 180 Grad gedreht, mit etwas Phantasie die Gestalt eines Kopfes. Die Gewässeradern dieses Subkontinents wecken die Assoziation zum System der Blutadern einer Kontrastaufnahme des menschlichen Schädels. Und die Stauseen sehen darin aus wie – Blutgerinsel. Das ist keine angenehme Assoziation. Wenn Stauseen auch Metaphern sind für das Gefüge und Getriebe, dem sie ihre Entstehung verdanken – na, dann steckt da keine schöne Information drin! Recht besehen ist die Gesellschaft voller Staue! Die kilometerlangen, alltäglichen Fahrzeugstaue sind nur eine ganz banale Variante davon. Wahrnehmungsstaue werden mit Beginn der Vorschulzeit kultiviert. Staue vor den Türen der Arbeitsplatzvermittler, Staue höchstgespannter Menschen vor

Fernsehgeräten, in denen reißerische Serien ablenkende Geschichten vorspielen. Gefühlsstaue, Nackenschmerzen, Verdauungsstockungen – ja, klar – es genügt! Es ist angeraten, dies alles eher schmunzelnd zu betrachten - und besser rasch nach Änderungen zu suchen!

Für Stauseen werden große Flächen wertvollen Nutzlandes geopfert. Manchmal verschwinden auch heimelige Dörfer mit schmucken Marktplätzen und ansehnlichen Kirchen, sagenumwobene Mühlen oder geschichtsträchtige Brückenbauwerke in den Fluten. Von den beiläufig mit ertränkten Gefühlen aus Jahrhunderten liebgewonnener oder einfach nur als sicher gewohnter Landschaft ganz zu schweigen. Doch - getrost: Das geschieht alles nur auf Zeit – siehe etwas weiter unten! Die Auenböden der Täler sind fruchtbar. Aber die Talstruktur bedingt, dass es kleine, mosaikartige Flächenzusammenhänge sind. Ausgedehnte und über hunderte von Hektaren zusammenhängende Wirtschaftsflächen kann man darin nicht schaffen. Mit Blick auf die großflächen-orientierte EU - Politik erscheint deren Aufgabe also durchaus nicht als Opfer. Mit der Überstauung der kleinräumigen Nutzungsmosaike schaltet man jedoch traditionelle Nutzungsgefüge aus, das die Kleinbauern pflegen. Die müssen ausweichen. Sie ziehen entweder etwas bergauf oder ganz weg aus dieser Gegend, wo sie die Gründe ihrer Kindheit und Elternhäuser im Wasser verschwinden sahen! Die vollen Wasserbäuche der einst fruchtbaren Täler dürfen sich dann über den abseits in den Niederungen gelegenen Intensivkulturen der Großflächen-Agrarier ergießen.

Immerhin liefern diese Seen außer Bewässerungs- oder Trinkwasser auch etwas zu essen. – Die Fischfauna gehört durch Besatz zu den am stärksten überfremdeten Lebensgemeinschaften. So siedelte man auch hier durchweg gebietsfremde Arten an, Fische und Krebse, wie den amerikanischen Flusskrebs, den Schwarzbarsch, den Graskarpfen. Und was wächst an den eisenoxidbraunen Ufern, die mal naß, mal trocken oder mal drei Meter überstaut sind? – „Irgendetwas kommt da schon hoch." Ruhrkrautfluren, blaublühender Steinklee und wenige andere Pioniere. Von natürlichen Seen her vertraute Lebensgemeinschaften der Uferzonation können sich infolge der unregelmäßigen Wasserstände nicht entwickeln. Dem Fischotter genügt es. Auf Steinen am Ufer und kilometerweit ins Hinterland hinein bei den kleinen Hausstausseen hinterlässt er regelmäßig seine Kot- und Nahrungsspuren.

Für die Ökologie der Stauseen bedeutet die alljährliche sommerliche Wasserentnahme sehr starke, mehrere Meter messende Wasserstandsschwankungen. Ein Stausee wird ökologisch nie ein richtiger See. Es ist nur für fragmentarische See-Lebensgemeinschaften

Platz – und die leben stets auf Abruf, denn je nachdem, wie sich die Zukunft der Wasserwirtschaft oder die Gesellschaft entwickelt, werden sich die für die Lebensgemeinschaften der Ufer und des freien Wassers die Rahmenbedingungen ändern.

Eines Tages werden die Dämme nicht mehr repariert werden. Entweder fehlen dann die Geldmittel oder das Nutzungsinteresse. Dann werden sie im Verlaufe einiger Jahrzehnte oder Jahrhunderte mit kleineren oder größeren Katastrophen – jede nur einen Moment lang dauernd - zusammenbrechen. Bis dahin haben die Seen Megatonnen Erosionssubstrat geschluckt, das sich auf den ehemals fein terrassierten Äckern und Wiesen abgelagert hat. Und doch – wenn noch oder wieder Menschen in der Nähe sind, dann werden sie dort wieder kleine Nutzungsmosaike entwickeln, so wie die Talenge sie vorschreibt. Und wer weiß, vielleicht denken sie infolge der hohen Fruchtbarkeit dieser Schwemmböden sogar dankbar an die Erbauer und Betreiber der einstigen Kunstseen zurück! Jemand sagte mal, wie beruhigend:
Alles ist nur eine Weile wichtig.

Diese Situation legt uns heutigen EU-Gesamteuropäern ein Lehr- und Denkstück für einen anderen Umgang mit der Idee und Praxis um Klima und Wetter, Wasser und Boden nahe – hier wie dort! Es zielt auf weit reichende Konsequenzen für eine neue Art der Landnutzung, die Haltung von Pflanzen und Tieren darin sowie für den Umgang unter uns Menschen.

Natur ist geduldig. Gebirge, Flachland, Meere, Flüsse und Seen, sanfte und raue Lüfte von Heiß bis Kalt, Lebewesen und Menschen dürfen sich in ihr entfalten. Fehler gibt es aufs Ganze gesehen anscheinend gar nicht, Unverzeihliches ebenso wenig (ich meine jetzt nur die Natur, bei u n s ist das natürlich anders!). Als hätte alles Geschehen nur die Bedeutung eines Moments!

Momente können Augenblicke sein. Augenblicke bestimmen Entwicklungen, in ihnen wird über Nutzbarkeit oder Nutzlosigkeit von Vorgängen entschieden, und der von Ob- und Subjekten. Sie geben Aufschluß über die Wirksamkeit kleiner doch immer effektiverer Bausteine für eine wieder belebenswertere Erde. Nutzen wir diesen Aufschluß doch!

Diese Erde, ein ganz schön großer Batzen Steine und Erden mit etwas Luft drum herum und winzigen Krabbelwesen drauf und mit einer sehr, sehr dünnen äußeren Hülle (Boden und Gestein genannt) benötigt zweifellos mehr menschliches Verständnis und Entgegenkommen. Sonst wird sie sich allzu bald, und dann ihrer Art gemäß ausschließlich effektiv, gegen unsere weitere Existenz entscheiden! Ob diese negative Aussicht für das Ganze in irgendeiner Hinsicht ein Problem ist? Manche bejahen das, andere wissen es nicht. Es könnte unsere Aufgabe sein, Geeignetes zum

Abwenden des Negativen zu tun! Ihre Erfüllung diente nicht nur uns.

Was ist ein Moment? In der Physik erhalten Bewegung und Energie in diesem Begriff eine Ausdrucksform, in der Geschwindigkeit und träge Masse verknüpft sind.

Der physikalische Moment ist eine von Menschen erkannte Ausdrucksform der universalen Natur. Wie alle Begriffe der Wissen- und Seinschaften ist dieser Moment eine Metapher. Jede dieser Metaphern wurde aus dem Ich-geprägten Denken und Probieren eines oder mehrerer Mensches geboren. Insofern ist sie an diesen Ich-Zustand des Menschen gebunden. Sie kann dazu dienen, die Enge des Weges, der zu ihrer Entdeckung führte, in die Weite des Ganzen zurück-zu-überführen.

Das tägliche Leben, welches in unserer Zivilisation überwiegend Ich-geprägt ist, vom Zusammenwirken Tausender und Millionen Ichs jedenfalls, kennt den Begriff des Moments auch. Darin sind Zeit und Bewegung verknüpft und auch Trägheit. Im täglichen Gebrauch versteht man unter einem Moment einen kleinen Ausschnitt aus der Zeit. Ihm eignet eine merkliche Ungewissheit seiner Dauer. Wenn solche Momente ins Spiel kommen ist meist Geduld gefragt – mit den anderen, die einen „einen Moment mal" vertrösten, und mit sich selbst, der man der unklaren Dauer standhalten wird.

Der Moment des alltäglichen Lebens verliert jede Bedeutung im so genannten wirklichen oder wahren Leben, sobald der den Moment Abwartende sein Ich mindestens für diese Zeit zu verabschieden vermag. Dann wird der Begriff des Moments für ihn unvermittelt bedeutungslos sein und – vergessen. Wenn er sich in die Zeitlosigkeit begibt – was den Ich-freien Zustand unter anderem charakterisiert – wird er erleben, dass er den Moment – nach der Rückkehr in seine Ich-Welt - um vieles kürzer empfindet, als er ihn zuvor aus seinem Ich-Zustand vermutlich noch befürchtend einschätzte. Und wie die Zeit, so verschwand dann auch die Furcht! Bei genauer Betrachtung könnte geäußert werden, dass es ja gar nicht lange gedauert habe – es sei ein sehr kurzer Moment gewesen! – ... Und wird sich eines Tages für den Ich-freien Zustand entscheiden.

Momente dieser Art finden einen Ausdruck in diesem Buch. Die Geschichten entstanden aus einem Leben zwischen den Welten. Vordergründig sind es die Welten Deutschlands, Frankreichs, Spaniens und Portugals. Der Moment gewann eine neue Qualität, als ich mich dort auf mehr einließ als nur auf einen Urlaub.

Nur ein sehr einfaches Beispiel aus dem Alltag mag das erläutern. Gehst Du in Deutschland einkaufen, bist Du gewohnt, der Reihe nach dran zu kommen. Dann bist Du auch dran, und erhältst, was Du brauchst und dann bist Du fertig, gehst und es kommt der/die nächste dran. In großen

Supermärkten ist das nun vermutlich europaweit so. - In Portugal ist es oft noch anders. Du kommst ins Geschäft, es stehen schon Kunden da. Und kaum eingetreten wirst Du auch bereits gefragt, was es denn sein dürfe. Es kommen nach Dir weitere Kunden, die kommen auch dran – Nun sind wir alle dran, und so geht es immer wieder hin und her bis jeder seine Sache hat. Natürlich sind zwischenzeitlich wieder weitere dazu gekommen, - die auch alsbald bedient werden, während Du gerade fertig geworden bist. – Nur, mit dem begonnenen Gespräch unter Mit-Kunden geht's weiter, und daher bist Du auch - noch einen Moment - im Laden! - Diesem Bild vom alltäglichen Einkauf haftet etwas von der Art der Mischkultur an, wie sie typisch für Permakultur ist. (Zu ihr gehört dies:) Die Sachen blühen, fruchten, treiben aus, wie es gerade kommt, und alles durcheinander. Und es ist aus den Geschichten ersichtlich, wie nah menschlichem Treiben dieses Permakultur-Modell in allen Lebenslagen ist. Permakultur hat mit viel mehr zu tun als nur mit Pflanzen und Gärten!

Waldseele und Lebensstrom

Winter, Werden und Gedeihen

Heute. - Erdbraun ruht der Teich.
Du, Erdbraun, bist das Blut der Landschaft,
Das Wasser wollte dazu Dir der Segen sein!

Erdbluten nicht länger geschehen lassen!
So mein Wunsch,
Meine Frage und eine Hoffnung zugleich.

Was zu tun sei: Ideen sandte dazu der Schöpfer.
Sind sie rein empfangen?
Unverstellt und nicht vom Ich verbogen und
begrenzt?

Kleines sodann dem Großen und Ganzen diene!
So genügt als einzige Garantie,
Dass es wirke,
Dein Tun!

Ideen beflügeln einander,
Da Liebe sie empfängt gesellt Idee sich zu Idee.
Fröhlicher Schöpfergesang in unendlicher Fülle.

Deine Ideen nun suchen die Nahrung

Des Werdens und Wirkens.

Deinen Traum wachend entgegennehmend –
Regt sich gar schon weiteres Leben?

D e r e i n s t, nach Jahren und
wie eh´ und je des Winters auch:
Nach heulendem Sturm und Wassersturz
Gehst Du erneut zum Teich.

Still nun ruht er – und klar.

Klar bis auf den lebendig bewegenden Grund!
In tausend und abertausend feinen Zirkeln
Bewegt sich zugleich das Erdenblut.
In den Böden, und feiner noch,
In allem Pflanz´ und Getier.

Das Wasser dazu dient als himmlischer Segen
Ausdruck höchsten, unnennbaren Glücks -
und Wirkstoff geworden.

Werden und Wirken -
Der ewige Zirkel ist dankbar geschlossen!
* * *

„Winter, Werden und Gedeihen" entstand am Sonntag, den 12. Januar
2008 am kleinen Haliotis-Teich. Es war nach einigen sehr reichen und
von zeitweilig sehr starkem Sturm begleiteten heftigen Regenfällen. Wie
bislang beinahe alljährlich führten sie innert kurzem zur Füllung des
Teiches mit erosionsbraunem Wasser. Mit der bei Haliotis begonnenen
Permakultur sollen andere als in dieser Landschaft bisher bestimmende
Landpflege und Nutzungsmethoden durchgeführt werden, um einen
Beitrag zur Lösung des Erosionsproblems zu leisten.

Über Haliotis´ Permakultur

Das Haliotis-Gelände unterliegt, wie der gesamte Südwesten Europas, einer starken Gefährdung durch Erosion. Die stetige Ausschwemmung feiner Bodenteilchen bewirkt eine wachsende Verarmung der Standorte und erschwert Jahr für Jahr mehr deren Sanierung. *Sogar die Natur selbst* tut sich schwer, darauf wieder stabilisierende Vegetation siedeln zu lassen. Das Gedicht *„Winter, Werden und Gedeihen"** bezieht sich auf diese Situation. An den kleinen Teichen macht sich die Erosion rasch bemerkbar. Es wird dereinst an ihnen gut erkennbar sein, wenn es gelang sie zu stoppen.

„Winter, Werden und Gedeihen" entstand im Januar beim Betrachten des kleinen Haliotis-Teichs unter wolkenverhangenem Himmel. Mehrere Tage hatten sehr reiche und zeitweilig von sehr starkem Sturm begleitete heftige Regenfälle gebracht. - Der Teich befindet sich wenige Meter südlich einiger aus Stampflehm gebauter Häuser und des Holzhauses mit dem gemeinschaftlichen Essplatz. Im Süden, als hätte *Feng Shui* Pate bei der Wahl des Teichplatzes gestanden! - Wie bislang beinahe alljährlich füllten

sie innert kurzem den Teich mit erosionsbraunem Wasser. Wir wissen nun, woher dieses Erdbraun noch kommt.

Noch? - Viele der zu Anfang des Haliotis-Projekts im April 2002 infolge Überweidung und Maschineneinsatz noch ganz offenen Bodenwunden haben sich Dank der natürlichen Wiederan-siedlung von Gräsern, Kräutern und Gebüsch geschlossen. Sogar Kork-, Kermes- und Steineichen stehen als unauffällige Zehn- bis Zwanzig-Zentimerlinge in den Startlöchern zum Waldaufbau! Unsere Pflanzungen von Obstgehölzen trugen immerhin einen ideellen Gruß dazu bei – die künftige *Fruchtoase* und den *essbaren Hain* haben sie schon begründet. Von den Pflanzungen aus 2003 gibt's bereits die ersten Früchte, Pflaumen vor allem und die ersten, aber noch ganz wenige Aprikosen und Pfirsiche. Jenes „ *Dereinst, wie*" mag durch weitere Sukzession sowie hie und da etwas technische Nachhilfe nur noch wenige Jahre erfordern.

Das Gedicht würdigt Idee und Praxis der Permakultur. In der Idee und Praxis der Permakultur würdigt Mensch übrigens sein eigenes Wesen – was eine Betrachtung lohnt!

Permakultur ist eine Garten- und Landpflegekunst. Sie lässt den Menschen zu keiner Zeit als Angreifer wirken, weder auf die Landschaft noch auf die direkt oder indirekt beteiligten Menschen und ihre lebenden Begleiter.

Selbst kurze Katastrophen durch Eingriffe in Landschaft und Boden werden nach Möglichkeit vermieden. Ausnahmen werden gerade auf sehr belasteten oder verarmten Standorten - anfangs gemacht – Opfer an den Zeitgeist?

Bei der Permakultur ist, wie bei jeder fachlich guten Landschaftsplanung und –Gestaltung, eine sehr eingehende Standortuntersuchung erforderlich. Das ist die Voraussetzung zur Vermeidung von Schäden, die durch Eingriffe aus spontaner Idee – *aus dem Moment heraus* - entstehen könnten (Was keine Aussage gegen *spontane Ideen* ist – allenfalls für deren *gedankliche Kultivierung vor der Freilassung*!). Dabei werden sowohl alle unbelebten Faktoren wie Klima, Gesteine und Böden sowie die Lebensgemeinschaften betrachtet. Die Ideen zur künftigen Gestaltung und Nutzung werden auf ihre **gesamtökologische Verträglichkeit** geprüft. Hinzu kommt die Prüfung der gemeinschaftlichen (sozio-ökonomischen) Verträglichkeit. Daher gehören auch landschaftsgeschichtliche Aspekte zum Permakultur-Konzept, etwa aus der vorhergehenden Nutzungsform, dem Vorhandensein von Resten traditionell bewirtschafteter Gärten und Teiche etc..

Zu den grundlegenden Ideen der Permakultur zählt *das Bewahren des Vorhandenen*, sobald es in seinem größeren Zusammenhang als nachhaltig wertvoll erkannt ist. Real gehören dazu traditionelle Gärten, wie wir sie hier in Südportugal vorfinden. Wir finden selbst in den schmalsten Tälchen Gärten, die der Struktur nach Waldgärten gewesen sein dürften. Doch wird ihnen seinerzeit diesen Namen niemand gegeben haben. *Garten aus dem Wald zu entwickeln ist landschaftlich-menschliche Selbstverständlichkeit.* Es galt, einfühlsam des Waldes moderates Klima auch der Nutzkultur zu bieten und zu erhalten. Das war eine ungefragte Selbstverständlichkeit – zudem wir Menschen uns als Lebensform aus dem Wald und der reichen Savanne herleiten – das ist wie unsere zweite Haut! In solchen Strukturen ist unsere Heimat.

Permakultur ist eine praktische Kunst, die stets Ideenfülle beschert und das Glück des ganzjährigen jederzeitigen Beobachtens, Pflegens, Säens und Erntens gewährt, gerade so wie es das Klima am Standort ermöglicht. Sie wurde speziell für nachhaltige und naturverträgliche Nutzgärten wiederentdeckt, doch ist sie auch für Ziergärten und Parks geeignet. In denen führt sie dann ganz nebenbei zu *„essbaren Ziergärten und Parks“.* Dementsprechend bietet es sich an, künftig Forst- und Waldkulturen ebenfalls zu *„essbaren Forst- und Waldkulturen“* umzugestalten. Es würde die Akzeptanz einer waldbaulichen Landnutzung in der Bevölkerung steigern und das Nutzungs- und Nahrungsspektrum erweitern. Man stelle sich das mal in einer Großstadt wie Berlin vor! Da könnten die Leute im Park ihr Sonntagsmahl pflücken und sammeln!

Europa ist von Natur aus ein Waldland. Das ist allerdings nicht der dunkel-bedrohliche Rotbuchen- oder Rotfichtenforst, wie er uns derzeit flächenprägend begegnet. Europas Naturwald ist artenreich, durch Licht- und Schattenarten mit Eichen in raum-zeitlichem Mosaik geprägt. Die dem Kontinent angemessene Waldkultur ist eine permakulturelle Waldwirtschaft. Nutzholz bietet sie reich – aber mehr als nur Holz.

Recht betrieben gibt sie die Garantie steter Fülle. Mit Permakultur gelingt es, selbst stark degradierte Standorte und Lebensräume wieder zu blühendem und fruchtendem Leben zu führen.

Sie arbeitet und wirtschaftet jenseits einer übernutzenden (exploitierenden) Ausschöpfung ihrer Standorte. Insofern wirkt sie ganz anders, als die moderne Landwirtschaft, die Übernutzungen wissentlich akzeptiert und sie mit Maschinenkraft, chemischen und biotechnischen Mitteln auszugleichen versucht. Mit Permakultur gestaltete Nutzlandschaft liefert keine monotone Agrarlandschaft. Schlaggrößen von vielen Hektaren bis Quadratkilometern sind ihr fremd. **Mosaik ist ihr Modell.** Permakulturelle Mischkultur respektiert kleinräumige Unterschiede in Relief, Boden und Kleinklima, pflegt diese Unterschiede und setzt sie in der Gestaltung der Anbauflächen sinnvoll um.

Permakulturell genutzte Landschaft bietet vom Aspekt räumliche und auf Pflanzenarten und

–Sorten bezogene Strukturvielfalt. Hinzu kommt eine beträchtliche raum-zeitliche Dynamik, die auch aus dem Wesen des Menschen genährt wird. Daher kann man sich in gut aufgebauten Permakultur-Betrieben wie in einem botanischen Garten fühlen – und befindet sich doch in intensiv genutzter *Gartenlandschaft* wo zu keiner Zeit bestimmte Bereiche brach liegen. Eher kann man von einer Art *produktiver Misch- und Dauerbrache* sprechen. Es muß eben auch nicht jede Art oder Sorte dauernd dort Höchstleistung bieten! Die Übernutzung der Standorte wird durch die Heilwirkung für den Boden der in Mischkultur angebauten Pflanzen vermieden.

Kulturarten und –Sorten wachsen zudem in Gegenwart der Wildpflanzen, und letztere werden in die Nutungskonzeption von vornherein integriert. Daher ist es erforderlich, dass sie den Gärtnern und Pflegern bekannt sind. Somit wird durch Permakultur die regionale Biodiversität nicht auf Sonderflächen auslagert, sondern stets und sofort integriert. Es entfällt daher häufig der Anlaß, sogenannte *Schutzgebiete* anzulegen. Regionale Artenvielfalt erhält damit weit mehr Raum für ihre Entfaltung, als es Schutzgebiete als Sonderflächen bieten könnten.

Indem Wildpflanzen zum Gefüge des Permakulturgartens selbstverständlich hinzugehören, dürfen diese ihre Bevölkerungsdynamik ausleben. - Was das bedeutet? Wildpflanzen kommen und gehen einfach! Wer einen Garten pflegt wird über die Jahre einen ständigen Wandel der Artenzusammensetzung erkennen. Nimm´ Dir die Zeit, diese Pflanzen genauer anzusehen und herauszufinden, was sie leisten! Vermutlich geht es Dir wie uns: diese Pflanzen wirken wie passend. Sie bringen Heilwirkung in den Garten, die gerade dort gebraucht wird, wo Du zu Hause bist! Dann mach´ es wie Eicke Braunroth und wie es vor ihm Generationen kundiger Gärtnerinnen machten – nimm´ davon und verzehr´ die kleine Kräuterernte als Heilkräuter für Dich oder Deine Familie! Nächstes Jahr sind wieder andere Kräuter da – . Und manche bleiben natürlich immer da, weil sie dauernd gebraucht werden, wie die *Löwenzahn*e (es gibt viele Arten davon – alle gesund!), *Giersch* und *Brennnessel*. Bemerkenswert genug, dass es nie gelingt, die Beete von denen wirklich *sauber* zu bekommen! Oft zählt auch der *Schachtelhalm* dazu. Die wollen uns eben einfach helfen.

Die Sachen blühen, fruchten, treiben aus wie es gerade kommt, und alles durcheinander. Wenn der Garten erstmal in Gang gekommen ist wird reichlich produziert und der Überschuß besteht oft aus Ästchen und Blattwerk, die schon verrottend alles verdecken. Dann kommt der Mensch, und indem er dieses Substrat dort entnimmt wo es zuviel wird, gibt er es an bedürftigen Stellen als *MULCH in den Lebenswirbel* zurück!!! Vom Mulchmaterial kannst Du gar nicht genug bekommen. Seine Verwendungsmöglichkeiten zeigen Dir, dass es keinen Abfall, nichts Überflüssiges dort im Garten gibt. Hier verwenden wir die auf den ersten Blick in ihrer Menge störenden *Stechginster*, und die vielen *Zistrosen* ebenfalls als Mulch. Es ist zäher Gehölzmulch und man kann sehr gut kleine Schutzdächer aus ihnen bauen - , für Jungpflanzen gegen zu starke Sommersonne. Der *Stechginster* taugt sehr gut dazu, die empfindlichen Jungpflanzen mit einem abwehrenden Geflecht gegen vorwitzige *Kaninchen* zu versehen. Ihnen ist in der derzeit noch bestehenden Mangellandschaft des Alentejo noch nicht so recht nahe zu bringen, zarte Pflanzen mit Blick auf eine bessere Zukunft künftig zu verschonen. – Das ändert sich ja!

Anders als unsere heutige, zwar *zeitlich befristete* doch fürs Ganze schon sehr gefährliche Art der Landnutzung, kommt Permakultur ohne künstliche Dünger oder Klärschlamm, ohne Agrochemie, und ausdrücklich ohne massive wiederkehrende maschinelle Eingriffe aus.

In der Natur gibt es keine in sich geschlossenen Kreisläufe. Der Irrtum mit dem Kreislauf entsteht nur, wenn man die Lebensspirale der Evolution nur entlang ihrer Raumachse betrachtet. *In jedem Moment spielt Evolution*, alles schreitet fort zu Neuem, Leben entfaltet und erweitert sich von Generation zu Generation. Es gibt nie ein Zurück.

**Entfalte fördernde Lebenswirbel
im Garten und in allem Nutzland!**

Mit recht betriebener Permakultur kann man sich kein „schnelles Geld" verdienen. Gerade bei ausgelaugten Standorten, wo auch die Wildflora und Fauna gestört oder verschwunden ist, wird es einen längeren Atem erfordern, bis die volle Nutzbarkeit der Anlagen sich sowohl wirtschaftlich als auch ästhetisch auswirkt.

Nahrung für alle und belebenswerten Lebensraum schafft sie erst, wenn m i n d e s t e n s f a s t alle Menschen darin eine Rolle spielen. Daher ist Permakultur umfassend sozial und wird in den Gesellschaften grundlegende Veränderungen bewirken. In den dazu erforderliche Umstellungen ist begründet, warum Permakultur noch nicht weiter verbreitet ist. Die Erkenntnis um deren Erfordernis ist noch nicht überall angekommen. Zu eine aussichtsreichen Zukunft gehört *Permakulturelle Gartenpflege als Regelangebot in allen Stufen der Schulen und der weiterführenden Bildungsstätten* Viele Waldorfschulen und manche staatliche Schulen bieten schon Schülermitarbeit und Kurse in schuleigener Gärtnerei. Alltägliche Gartenarbeit ist jedoch für viele Menschen entweder noch Luxus, oder sie wird als zu anstrengend angesehen – als etwas, das man eher vermeiden sollte. Dabei *kann man sich mit gesundem Boden gar nicht richtig dreckig machen*. Gesunder Boden lebt und duftet. Wenn Du ihn anschließend abwäschst, bist Du sauberer als zuvor.

Sollten Kohle und Erdöl und deren Folgeprodukte

ausgehen, so gereicht das der Permakultur nicht zum Schaden, sondern lässt ihren Wert erst recht hervortreten. Denn Permakultur bedarf ihrer nicht.

Technische, maschinelle Maßnahme mag heute - *mit Maß und auf gute Vorerkundung gegründet* eingesetzt werden - dienlich zu rascherem Umbau vom bestehenden Monoton-Fremden weg - und zu Dauerkultur hinführend. An der Einhaltung jenes *„Maßes"* ist wohlverstandene, nachhaltig gedeihliche Permakultur leicht erkennbar – oder besser kann ich auch sagen: erfühlbar.

Einmalige maschinelle Eingriffe kommen in Betracht, wenn Lebens- und Nutzungsbedingungen durch vorhergehende Ausbeutung stark beeinträchtigt sind oder wenn Kleingewässer angelegt werden sollen. Künstliche Kleingewässer sind *technische Anlagen. Bei ihrer Planung ist genau zu ergründen, ob die* Standfestigkeit des Geländes Teichbau erlaubt, und ob die erreichbare ästhetische Wirkung und die gegebenen bzw. erreichbaren *naturkundlichen Werte den geplanten Eingriff unterstützen oder eventuell verbieten könnten.* Gewachsene Natur ist fast ausnahmslos „schön". Es mag eine *wilde Schönheit* sein. Oder es mag eine *sanfte Schönheit* sein,

Sobald der Mensch mit Maschinen *Bauwerke,* wie Dämme oder Wege in die Landschaft ziehen möchte, sind sie aus Sicht der *Permakultur* darauf hin zu prüfen, *ob sie zur gewachsenen Landschaft passen.* Gegen diesen Grundsatz wird oft verstoßen: Man findet dann Dämme, künstliche stehende und fließende Gewässer, die das Landschaftsbild entstellen. Die obere Donau zwischen Straubing und Vilshofen hat unter Verlust einer paradiesischen Fülle genau dieses Horrorszenario erfahren. Das gibt es leider auch als Ergebnis von Maßnahmen, die unter Permakultur laufen (aber *sensu* guter Permakultur nicht dazu gehören). Sobald, und besser zuvor, das ästhetische Ensemble gestört wird, ist der technische Ansatz zu ändern! Schlimmstenfalls ist die Maßnahme zurück zu bauen – das müßte allein der Kosten wegen schon vorher vermieden werden. Wenn man in der Landschaft etwas schaffen will, kann es hilfreich sein, die Maße von Bauwerken durch Holzgestelle zu veranschaulichen. Dann wird man von der zuvor kaum vorstellbaren Dimension vielleicht doch zu anderen Gestaltungswegen finden!

Maschinengerechter Wege bedarf es erst in unserer Zeit. Zu Permakultur in angemessener menschlicher Gemeinschaft sind sie nicht erforderlich. In größeren Betrieben mögen kleinere Maschinen eingesetzt werden, um die Materialien zu bewegen, auch die Erzeugnisse zum Lager und Verteilungsort zu schaffen. Das muß eine Zeitlang so bleiben, so lange so wenige Menschen mit dem Garten und ihrer eigenen Nahrung zu tun haben. Vom Wesen her gehören schmale Pfade ins Permakulturgefüge, geeignet für Menschen-betriebene Karren. Aber das mutet vielleicht zu rückschrittlich an?

Permakultur ist dem menschlichen Wesen verwandt wie keine andere Art des Umgangs mit Land, Boden, Luft und allen lebenden Wesen einschließlich seiner selbst.

Wenn es um Ästhetik und Wirksamkeit geht, spielt darin auch *Feng Shui* eine Rolle? Die ursprüngliche Permakultur (von Urvölkern so betrieben aber nicht so bezeichnet) genügte mit Sicherheit diesen Prinzipien. Seit den Anfängen der *„Entdeckung der Permakultur durch die westliche Welt"* (Bill Mollison, David Holmgren und weitere Pioniere dieser Idee) gehören „fernöstliche" Gestaltungsideen dazu - und viele Landschaftsgärtner verbinden beides.

Wie Permakultur ist
Feng Shui ein Ausdruck menschlichen
Wesens.

Permakulturelles Wesen findet Ausdruck in allen Lebensbereichen, sobald Du Deinem Wesen als Mensch konsequent lebst. Menschen lassen an ihrer Gestalt, ihrer gesamten Art und an den Werken die Nähe zu ihrem Selbst erkennen.

Permakultur erfordert Einfühlungsvermögen. Sie wird nicht gedeihen, solange Angst und Neurosen wie z.B. zwanghaftes Festhalten an der Ego-betonten Anhaftung bei den Menschen wirken. Deren Entstehung verdanken wir nicht zuletzt unserem Bildungsalltag, der vielfach den übergeordneten Ideen der Permakultur widerspricht. Durch ein Dienen im Kleinen gedeiht Permakultur, und das Vergolden des Werks besteht im übertragenen Sinn. Permakultur passt zum und dient dem notwendigen Heilungsprozeß vom Ich.

Krankenhäuser der Zukunft werden in Gärten integriert werden. Sobald die Patienten aus den Betten können, erhalten sie *als Arznei* eine ihnen angemessene *Gartentätigkeit* zugewiesen. Dann werden *aus steril duftenden Krankenhäusern mit ihrer typisch dumpf-stockenden Luft, duftende, grünende Gesundheitsgärten.* Du spürst es schon im Namen, dass eine Anstalt ihr Wesen geändert hat – es duftet nach gesunder Erde. Heilerde innerlich wie äußerlich verschrieben! – Sogar die Ärzte werden mit den Patienten im lebensvollen Treibhaus oder unter frischer Luft gemeinsam tätig – Krankenschwestern und Pfleger sowieso.

In diesem **Zukunftstraum vom Neuen Krankenhaus** siehst Du Patienten und Gärtner an der Fassade kraxeln, um dort die integrierten Pflanzschalen zu bepflanzen und zu pflegen, die hängenden Kleinwassergärten zu gestalten – wie in Südfrankreichs Natur die Kalksümpfe an steilen Felsen sachte übersprudelt, und Kiwis und Weintrauben zu ernten! Ja, *auch auf den Dächern siehst Du sie turnen*, wo blütenreiche Wiesen Heilkräuter und Bienen-Nahrung zu Hauf bieten. Welche Freude, dass der **Gesundheitsgarten** des Neuen „Kranken"hauses eine ansehnliche Fülle Grundnahrung aus Salaten, Gemüsen, Wurzeln, Nüssen und Früchten für seinen Bedarf selbst erzeugt, und Heilkräuter auch, statt sie aus Massenfarmen beziehen zu müssen und auf teure Apothekenware von irgendwoher angewiesen zu sein. Das ist auch ein Bild eines für sich und darüber hinaus wirkenden Lebenszirkels. Wer da als gesund entlassen wird – er kann ja auch noch eine Zeitlang dort Nachpflege für sich und andere im Garten beitragen – der ist weitergehend und nicht nur körperlich geheilt. Der Garten gab etwas zur Heilung der Seele hinzu. Wie die Luft nun anders duftet, so wird auch die Qualität dessen aufgewertet, was wir so trockenbürokratisch Arbeitsplatz nennen – *im Gesundheitsgarten Gärtner/in sein* zu dürfen. – Wie viele unserer Krankenhäuser liegen schön eingebettet in Park- und Wiesenanlagen, und Rollstühle fahren unter alten Bäumen dahin. Die Gartenpflege jedoch am Minimum und DIN-normal gepflegter Rasenanlagen orientiert ist. Wie viel mehr ist da möglich! Das Potential ist häufig schon da, und daraus den Gesundheitsgarten zu schaffen braucht es nicht viel! Der *Permakultur-Art* gemäß geht das *sukzessive in kleinen oder größeren Schritten*, wie es Struktur und Finanzen zu lassen, doch vor allem was die beteiligten Menschen schon als wünschbar erkennen! Krankenhäuser der Zukunft heißen **Gesundheitsgarten - Hort für Gesundheit und Lebensglück**!

Permakultur gedeiht in menschlicher Gemeinschaft, die beschlossen hat, sich von wechselseitig forderndem oder anhaftendem Konditional - „dann – wenn" zu befreien.

Permakultur begleitet den Lernprozeß.

**Indem Permakultur die Beteiligten
in den schöpferischen Vorgang
der Garten- oder Waldidee einbindet
und die handfeste Arbeit mit der Erde
zur praktischen Ausführung der Idee führt,
erlaubt sie den beteiligten Menschen,
Abstand von sich selbst zu finden.**

Nach getaner körperlicher Arbeit werden die wesentlichen Fragen des Lebens besser erkennbar. Selbst Auseinandersetzungen mit anderen oder mit sich selbst werden heilbar. Was zuvor als schwer überwindbar galt, wurde nun aus gewonnenem Abstand als kleinlich und zu eng gedacht erkennbar. Somit kann es abgeschafft werden.

Permakulturelle Gestaltung einer Landschaft ist eine Gemeinschaftsaufgabe. Darin hat jede/r der Beteiligten einen Aufgabenbereich, den es verantwortlich fürs Gesamte zu gestalten gilt. Die Gemeinschaft braucht das Vertrauen, dass ein/e jede/r das schafft. Selbst scheinbare Fehler entstehen dann der Mosaikhaftigkeit zufolge nur an Elementen ohne das Ganze dadurch zu gefährden. Vielleicht – und eher wahrscheinlich –

wird die Gemeinschaft sogar aus diesem Fehler lernen, um später Schlimmeres zu verhüten. Das ist für die Permakultur-Gärtner eine besondere Herausforderung. Ihnen kommt die Funktion des Bündelnden zu. Ideen, verschiedene Aufgaben und Aktivitätsbereiche und persönliche Befähigungen und Wünsche gilt es zu berücksichtigen. Da kein Mensch „immer" am gleichen Platz sein wird – *irgendwann geht jede/r mal (!)* – ist es selbstverständlich, dass Planung- und Umsetzungs-vorgänge sowie alle weitere fortführende Pflege Gemeinschaftsaufgabe sind. Ein Werk, das von der Idee einer Person allein getragen ist, die den Auftraggebern oder einer Gruppe vorgeben wird, wird schwerlich eine gelingende Permakultur werden. Die anschließend noch da sind, wenn der Meister weg ist, haben zu wenig von der fremden Idee aufnehmen können, und ihre eigenen Ideen, Zweifel und Fragen bekamen keine Antwort - und so verwaist das Werk. Nicht so in der Permakultur.

Der Mensch ist in der Permakultur Mit-Wirkender. Er hat im Permakulturgefüge die Aufgabe, die lebendigen Gemeinschaften achtsam zu lenken und weit reichende, aufbauende Vorgänge anzustoßen.
Er ist Mit-Organismus.
Jeder Mensch wird als Ausdruck der schöpferischen Vielfalt diesem Auftrag früher oder später gerecht.

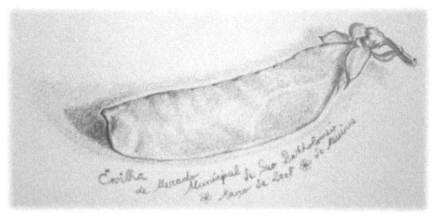

Erbsenschote vom Markt in Messines

Verheißung - Wolken im heißen Sommer

Wolken, es kommen Wolken!
Wochen heißer, trockener Zeit liegen hinter uns. Selbst in jenem Winter fiel kaum der übliche starke Winterregen dieser irritierten Klimaregion. Woher wollten w i r wissen, wie Mittelmeerklima wirklich sei? Doch es wird so genannt – ein Arbeitsname - nicht mehr. Bestenfalls eine Beschönigung jener Irritation, die uns Menschen zur Last gelegt werden kann.

Ja, wirklich, es kommen Wolken!

Wir gehen den Weg hinauf, auf den Berg, um mehr von ihnen zu sehen. Und ob sie alleine kommen oder mit Gefolge?

Freilich, noch unerbittlich weht heißer Wind. Nicht sehr stark, doch unerschütterlich stetig - und durchaus fordernd. Dieser Wind trocknet aus, was täglicher Beitrag zur Bewässerung den Pflanzen widmete, die all dem standhalten sollen – die es nach unserer Idee und Wunsch auch erfüllen werden!

Wir erreichen den Berg, blicken weit ins Umland. In der Entfernung schwarze Rauchwolken von einem Flächen-brand im Eucalyptus-Forst. Hitze-Staub-Dunstig liegen die Rumpfberge des südlichen Alentejo, daraus erhebt sich der Granitrücken der Serra da Monchique.

Die Wolken – ja, *Wolken! – Sie ziehen aus Südwesten heran.* Das sieht gut aus. Das ist die Richtung, aus der gewöhnlich Regen kommt!

Erste Tropfen – endlich! Noch weitere – heiß sich anfühlend! Wie auch sonst, Luft und Böden sind heiß.

Und doch – dabei bleibts – nur wenige Tropfen erreichen den Boden!

Unvergeßlich der *Moment*: Die Tropfen verdunsten ja, noch ehe sie den Boden erreichen, um ihn zu kühlen! Sie werden schon über den Nachbarbergen in den dort aufsteigenden Heißluftstrudeln zurück zum Himmel geschickt. Überheiß sind die braunen Hänge mit ihren kahlen Rohböden, da sie vom ausradieren („limpieren" = „reinigen" genannt) ihrer alljährlichen, hoffnungsfroh sprießenden Pionier-Vegetation bewusst verödete Pflanzungsflächen tragen. Wasser verdunstet fühlbar, ehe es als Tropfen weiterhin den Boden erreicht. Die Wolken regnen sich andernorts ab –

oder lösen sich überm erhitzten Iberien einfach auf.

— Wieder bleibt der *Regen aus!*

W i e d e r wurde die Hürde n i c h t geschafft! Diesmal wurde es, wie kaum zuvor unmittelbar erkennbar: So machen Menschen Wüsten! Wo die Pflanzen fehlen, wo sie unsinniger noch, zur Pflege (!) gezielt entfernt werden, da reicht den Wolken niemand wirksam die Hand zum Verweilen und zum Sich-Erleichtern! Wirksam erfüllen diese Handreichung nur Büsche und Bäume. Es kommt auf jeden an! Wo wenige stehen sind allenfalls mehr hinzuzupflanzen!

Sonnenstern über Haliotis

Die Allee der Korkeichen beim künftigen
Seminarhaus

Reinigung und Erkenntnis –
statt Wüste
grüne Oasen fördern!

Mit dem Gedicht *Verheißung* werden *Momente* des Erkennens der vom Menschen sich und seiner Natur selbst bereiteten Katastrophen beschrieben.

Das Limpieren, das „R e i n i g e n", besteht im gnadenlosen Plattwalzen, Schneidegge-zerteilenden Traktat mit vier bis acht-Tonnen-Raupenschleppern, die ihr Werk innert weniger Stun-den pro Hektar ausführen. Den Aufforstungsprojekten zu allen Jahreszeiten dienen sie damit, gleich ob die Grau- und Zipp-ammern brüten wollen oder Erzschleiche, Maurische Blind-wühle oder Hufeisennatter des ungestörten Bodens zu ihren Lebensaufgaben bedürfen, als Glieder einer potentiell überwältigenden Artenvielfalt. Von der einstigen Artenfülle gibt es hie und da noch Reste. Eines El Dorados der europäischen Biodiversität noch immer beträchtlicher Rest! Sie werden mit jedem EU-geförderten Schwermaschinenprojekt weiter zurück-gedrängt.

„Den Menschen gibt diese Maschinenaufgabe wenigstens Arbeit", wird gesagt. Doch recht betrachtet ist das ein Irrtum, und verstärkt das ausbluten der Landbevölkerung allenfalls. Um ein paar Tage oder Wochen diese Maschinen auf rauhem Grund zu fahren muß man dort nicht wohnen. Erst recht, wenn sich erstmal die Vorstellung durchgesetzt hat, dass man in diesem Land allenfalls Eichen oder *Eucalyptus* wachsen lassen kann.

Zudem erfährst Du darin keinen Arbeitsplatz, der das Gefühl einer schönen Landschaft wach erhält oder wieder nahe bringt. Der Einzelne auf der höllischen Maschine (und ebenso wirkt sie aufs betroffene Geschöpf unter den Radketten) bleibt x-Stunden am Tag und oft bei bratender Hitze geistig ebenso unterfordert wie er körperlich überlastet wird. Ein Traktat ist es für den Fahrenden selbst auf der krachharten Maschine zu sitzen, die mit Quietschen und Tösen mit den am steilen Hang zutage geriebenen, Widerstand leistenden Felsen in harsche Resonanz geht. Wer so bei Hitze oder Wind den ganzen Tag durchgeschüttelt und durchgelärmt wird, vom Schmierfett- und Dieselduft umweht – wie sollte er die Landschaft lieben lernen?

Es heißt, in zwanzig Jahren brächten diese Korkplantagen ihren ersten Ertrag an Kork. Die Augen des vom Sinn des Geschehens auf geschätztem Grund der Eltern und Vorfahren überzeugten – oder überredeten ? –

achtzigjährigen Besitzers leuchten auf. Doch er wird wohl kaum selbst ernten! – Und vielleicht zu seinem Glück, so er die gefallenen Preise der hier entstehenden Massenware nicht erleben muß! - Kork zur Industriemassenware verkommen, - das verehrte Gut der traditionellen portugiesischen Kulturlandschaft
– das ist doch eigentlich unvorstellbar!

Was nutzt es noch zu fragen, ob das jemand dort weiß, wo dieses Desaster alljährlich auf Neue mit Geld gefördert wird – sicher doch wohlmeinend und helfen-wollend auf den Weg gebracht, doch mit der Halbblindheit des Entfernten und Fehl-Beratenen zum Nachteil der mediterranen Landschaft!

Dies hilft der mediterranen Landschaft:
Bringt wieder Menschen aufs Land!

Aufs Land! Anreiz bieten und Menschen finden zum kommen oder wieder-kommen. Menschen, die darin nicht nur knapp wohnen! Die das Land sich selbst überlassen - oder allenfalls ein solches Limpier-Pflanz-20-Jahre-auf-Ertrag-von-Minderwert-ware-warten-Projekt, beantragen und durchführen lassen. Es wirft wenig ab: Neben den Pflanzen die harschen Rohboden-Terrassen, auch einen Zaun und einige Jahre Pflegegeld bezahlt die EU. Aber das ist eben fürs Nachhaltige zu wenig!
Für Nachhaltigeres gesucht – und zu gewinnen! – sind Menschen, die sich kundig dieser

schlafenden Oase widmen werden, die mit ihrer Imagination, Kenntnis und Entschlusskraft dort eine Streusiedlung wieder erstehen lassen, die stabile soziale Gefüge bilden kann. – Das gilt so für die ganze, dem Mittelmeer nahe Landschaft, und weit darüber hinaus!

Keine Frage, dann brennt weder die Landschaft noch bleiben die Wolken aus, die regnen können! Hier wie in anderen von Austrocknung und Wüstenbildung betroffenen Räumen der Erde wird deutlich, wie die Anwesenheit der Menschen - in ihren Familiengemeinschaften jedes Alter umfassend – ihre nicht belastende, sondern gelebte Verantwortung in die Landschaft tragen. Nur *durch persönlichen Bezug*, die übernommene Verantwortung fürs Land, weil man seine Leistungskraft schätzen lernte, ermöglichen es, in der Zukunft *Naturkatastrophen* durch Flächenbrände und Hochwässer *vermeiden oder mildern* zu helfen.

Zudem: Wohin sollten die Menschen der austrocknenden oder aus anderem Grunde unwirtlich gewordenen Landesteile gehen? Auszuwandern in die vom Klima begünstigten Länder ist keine Alternative, denn da gibt es schon genug Leute, und sie machen absehbar ihre Länder zu. Die Städte in den betroffenen

Ländern selbst vermögen jenen, die vom Lande flohen, auf Dauer die Nahrung – und die Lebensqualität - nicht zu bieten. Die muß vom Lande kommen. Aber da sind bald nur noch Großlandwirte. Deren Erzeugnisse sind anfällig und sie gelangen ohne Gifte nicht zur Blüte und zur Fruchtreife, und sie benötigen zudem beträchtliche Entnahmen an Grundwasser. Pflanzenschutzmittel sind chemische Gifte, und falls nicht (Lockstoffe etc.), so bringen sie als „Biotechnika" die Wechselwirkungen der Pflanzen und Tiere in langzeitlich unabsehbarem Maße durcheinander. Insofern sind auch letztere einem Gift gleich. Auf Importe zu bauen und auf Touristenströme, die aus besser gestellten Ländern kommen, ist kurzsichtig. – Südeuropa benötigt dringend eine Sichthilfe!

*

Alljährlich begrüßen wir nun den Regen, wann er auch kommt. Das *schlechte Wetter* vom *mitteleuropäischen Einst* ist verblassende Erinnerung an gestörtes Landschaftsverständnis.

*

Die Geschichte > Verheißung - Wolken im heißen Sommer < erinnert an den Sommer 2005, der zusammen mit dem vorhergehenden Jahr Teil und Höhepunkt einer über achtzehn Monate währenden Trockenzeit war.

Gewidmet ist dieser Text den Ideen und Zielen einiger Programme zu Bildung und Umwelt, zu denen das Haliotis-Zentrum Südportugal beiträgt:

51

Iberia – Verde! Es gilt 10 – 15 % des iberischen Subkontinents, über seine gesamte Fläche verteilt, konsequent permakulturell auf Waldgarten hin zu bewirtschaften und Menschen einen guten Anreiz zu bieten diese Kulturen in übersichtlichen Einheiten verantwortlich zu pflegen Das ist der Schlüssel zur Abwendung der Klimakatastrophe, die bereits für den Mittelmeerraum und alle angrenzenden Regionen vorgezeichnet ist.

Iberia Verde! – Ein wieder grünes Iberien und ein ganzer grüner Ring ums Mittelmeer
- wir Menschen haben es in der Hand!

Modellprojekte, Vorträge, Filme, Führungen, Weiterbildungs-veranstaltungen, Beratung

Bäume für die Erde - nur Sträucher und vor allem Bäume können den Wolken starke Hände reichen – Mit Baum- und Strauchvegetation gleicht die Erde seit über 400 Mio Jahren klimatische Extrema aus!

Pflanzen pflanzen – Wälder und Savanne beleben
Praktika, Workshops, Lehrgänge – am Haliotis-Ort
und rund ums Mittelmeer - *on request, please!*

Und dazu ein künstlerischer Beitrag: die

Unicata Alentejana. Feine, handliche
Kleinkunstwerke auf Stein oder
Korkeichenabschnitte legen Dir ein Abbild der
Chance in die Hand, die ein wieder grünes
Alentejo in Süd-Iberien bietet.

Landschaftsfriede

Wind

Wind zieht am zarten Gewerk,
reißt es zu Boden - nach wilder,
wirbelnder, taumelnder Fahrt.

Wo Du zu unrechtem Zeitpunkt nachgibst,
als fehlte der wahre Wunsch, die Höhe zu halten,
es dem Boden umso rascher entgegenstrebt.

Alsbald - wie schwerelos gelingt es!
Und doch, es ist, als suchtest Du
zum Trotz erneut des Bodens stein´ge Welt.

Mit fortschreitendem Spiel im tiefen,
wachsenden Ernste
sich Druck und Zug Dir selbst nun geben,
die Klarheit in der Höhe, -
jene nur willentlich noch und auf kurze Zeit
mit dem Boden eintauschend.

Dein geliebter Drache,
Metapher eines Lebensausdrucks auch,
steig´ er nun, nach erlangter Erkenntnis,
hoch in die Lüfte -
und schwebe dort fein!

Alentejo - Am See
Haliotis - März 2008

Wind und heilende Vegetation

Wind im Alentejo – spielerisch mit dem Drachen erlebt – ist kritische Eigenheit des iberischen Klimas.

Zu allen Jahreszeiten tritt der Wind ebenso unvermutet wie heftig auf. Die Tage mögen in Stille beginnen, mit unvergeßlichem Sonnenaufgang - und doch kommen tagsüber mächtige Böen auf. Dann reißen sie an den Bäumen, Zelten und Dächern. Vergangenen Winter wurden hier ein paar Quadratmeter eines Zwischendachs losgerissen und mitsamt der Holzkonstruktion fast hundert Meter entfernt am gegenüberliegenden Hang „abgelegt". Alljährlich erleben wir es, dass kleinere Zelte herausgerissen oder zusammengedrückt werden – wie ebenfalls im vergangenen Winter das *Esszelt*. Die verbogenen Stahlrohre erlauben keinen Neuaufbau.

Wir kennen das Mittelmeerklima nicht anders, als durch Extrema gekennzeichnet. Im gesamten Mittelmeerraum ist vor mehr als 2.000 Jahren durch Entwaldung – vorangetrieben von Menschen - ein Prozeß des Klimawandels angestoßen worden. Aus 2.000 Jahren, und jüngst nach über siebzig Jahren Schule – haben wir nichts dazu gelernt, eingedenk der fast unmittelbaren Folgen der Regenwald-Zerstörung? Wir machen einfach weiter!? In unserer Zeit wird der Prozeß auf die Spitze getrieben. Je mehr wir die Eichensavanne als hier naturnahe bis natürliche Baumlandschaft verdrängen, umso stärker werden Schwankungen des Energieflusses von der Sonne und aus dem Kosmos sich aufs Wetter auswirken – die Extrema verstärkend. Wie es längst schon alltäglich erfahren wird.

In einer solchen Landschaft ist es absolut verfehlt, große Getreidewüsten anzulegen und alljährlich monatelang vom Klima diktierte Dürrebrache als Teil der Bewirtschaftung zu akzeptieren. Das geht schon in der Magdeburger und Soester Börde nicht ohne Umweltschäden ab! Es gehrt erst recht nicht bei Evora und Beja. Doch d a s ist der aktuelle Trend! Zwar legt man aktuell auf den dörrenden Äckern Olivenplantagen an. Vom langfristigen Bedarf her ist das schon besser, und es sind wenigstens Bäume. Noch besser wäre es, dazwischen Waldinseln zu begründen, also Kork- und Steineiche sowie Kiefern zu pflanzen. Schon bei der Begründung werden die jedoch die Fehler eingebaut. Die Nutzpflanzen werden in sehr breiten Reihenabständen gesetzt. So bleiben die Kulturen von der Struktur her eine Trockensavanne – zwischen jedem Baum eine kleine Wüste! Die jungen Bäume werden sogleich künstlich bewässert. *Wenn wir vor Jahren Herrn Cicero erzählt hätten,* dass man in 2.000 Jahren Oliven mit dem Schlauch bewässerte, er würde uns ratlos ansehen oder in einer Rede flammend ausführlich unsere geistige Unzurechenbarkeit beklagen. Peinlich, dass er mit letzterem wohl richtig liegt. Oliven sind doch bekanntlich in der Lage unter armen und auch wasserarmen Standortbedingungen mächtige Bäume zu bilden, sehr alt zu werden, und jahraus-jahrein Ertrag zu bringen. Doch dafür brauchen sie eine Anlaufzeit von einigen Jahren. Die kann sich heute kein Landwirt leisten, ein Großflächenlandwirt erst recht nicht.

Je dichter die Gehölzbestände, umso brandgefährdeter werden die großen Nutzflächen. Gehölz und Wald werden hier mittlerweile mit Furcht verknüpft. Die platte Reaktion zum Schutz gegen Feuergefahr lautet kahle Stellen in den Baumplantagen anzulegen. Diese seien in passenden Abständen maschinell kahl zu schieben = zu limpieren. Limpieren bedeutet die Flächen von Vegetation zu reinigen. Das zeigt leider nur, wie weit wir uns von der Natur zu entfernen versuchen!

Von Natur aus ist die *Vegetation das Heilpflaster der Landschaft* gegen Erosion. Erosion greift umso stärker an, je unmittelbarer Wasser, Wind, Schwankungen der Temperatur und Strahlung Zugang zum Boden und den Gesteinen finden. Vegetation bildet seit über 400 Millionen Jahren die Matrix, in der sich das Leben der Tiere und schließlich des Menschen Leben entfaltete. Es ist völlig widersinnig, diese *Vegetation als Lebensmatrix* gerade da zu entfernen, wo sie die Natur unserem maschinellen Radiereisen zum Trotz als erforderlich immer aufs Neue erstehen lässt! Grotesk, dass wir das im vordergründigen Landnutzungswahn nicht merken -

„Schnallt Ihr denn gar nichts??"

Das Argument es würden Arbeitsplätze geschaffen zieht überhaupt nicht. Mit diesen Methoden schafft man weder aufbauende Arbeitsplätze noch Plantagen, die wirksame Klimastabilisatoren sind. Wenn sie diese Aufgabe nicht erfüllen, dann ist das, was dort wächst oder „angebaut" wird, auch nicht nachhaltig gesund.

Kulturen am künstlichen Tropf verbrauchen aufgrund der hohen Verdunstungsraten Bewässerungswasser in rauhen Mengen. Das fördert bekanntlich langfristig die Versalzung der Böden. Die Austrocknung per *Klimawandel* geht weiter, da wir die Wolken nicht wirksam halten und stärken. Und absehbar *irgendwann* verbietet die fortschreitende Dörre auch diese am Tropf hängende Wirtschaft. ... nur noch einen *Moment*.

Das Tropfsystem ist höchst verletzlich! Um seine Vulnerabilität weiß jeder Landbewirtschafter und jeder Stadtgärtner weiß darum, in den von Palmen, Bananen, Yucca, Gummibaum und

Pfefferbaum belebten Touristenmetropolen. Wenige Tage Systemausfall durch Motor- oder Pumpenschäden werden sich schon durch trockene Blattränder zu erkennen geben. Sollte der Ausfall mehrere Wochen dauern, dann schwindet die *herrfrauschaftlich herausgeputzte Grünoase* zu einem von heißen Winden umspülten Friedhof trocken-knirschender Baum- und Buschleichen – sodann als Potemkinsche Dörfer entlarvt. Ja, das weiß hier jeder. Die gängige Landwirtschaft nimmt in Kauf, dass im Falle eines Ausfalls der Bewässerung der ganze Plantagen-Spuk umsonst war, weil die verwöhnten Pflänzchen in diesem Notfall natürlich keine Wurzel mehr tief genug in den Boden bekommen! Der künstliche Tropf verleitete die Pflanzen ein dichtes, durchaus krankhaftes Wurzelwerk zu bilden, trauriger Ausdruck der Gerinsel gewordenen Sucht nach Wasser – kein Wunder, wenn die Schläuche oben auf der Erde liegen.

Laßt uns eine Wirtschaft zu fördern, die um diese grüne und reich belebte Lebensmatrix weiß, sie schätzt und sie wieder in Kraft setzen möchte. Dazu passen vornehmlich Kleinbetriebe, Kleinbauern und Kleinforstbetriebe, auch große Flächen bewirtschaftende Nutzungsverbünde und Genossenschaften, die nicht mehr monokulturell wirtschaften werden.

Zur **Lebensmatrix** gehört die **Vielfalt der Arten**

und Sorten. Wir können nicht ohne Schaden fürs Ganze eines der wesent-lichsten Kriterien der Natur außer Kraft setzen, die *Vielfalt* – im neueren Sprachgebauch *Biodiversität* genannt. *Mono ist längst out*! Gentechnik erzeugt keine Vielfalt. Aber wer kennt die Vielfalt? Ich meine die Vielfalt der wilden Arten und Sorten! In der Schule lernst Du sie nicht – doch sie sollte auf den Landwirtschaftsschulen gelernt werden können.

Mit und auf Vielfalt hin wirtschaftende Betriebe können sich nur halten, wenn sie möglichst viele verschiedene *Nutzpflanzen und Wildpflanzen kennen* und anbauen. Hier ist in jeder Hinsicht eine *essbare Landschaft* gefragt. Dazu gehört auch der Erhalt und die Wiederentdeckung alter und neuer Kultur- und Wildpflanzen-Sorten, die den regionalen Standorten angepasst sind. Die Entwicklung einheitlichen Saatguts und sogar solchen Saatguts, aus dessen Pflanzen keine fruchtbaren Samen hervorgehen, ist ein Irrweg. Der nutzt nur kurzfristig und Wenigen. Fruchtbare Samen aus der alljährlichen Saat zu erhalten ist eine Voraussetzung, um mit der regionalen Standort-Evolution mitgehen zu können. Nutzpflanzen brauchen Anpassungsfähigkeit, um mit den naturgesetzlich reifenden Böden und dem Klima Schritt zu halten.

Die Landnutzungsform der Permakultur hat dazu die passenden Methoden. Doch Permakultur sucht eben nicht nach den wenigen Großlandbesitzern, sondern auf allen großen

Flächen nach dem Mosaik der kleinen Betriebe, als deren Kern die Familie am besten taugt. Das ist so in Konsequenz der sie auszeichnenden Vielfalt an Formen im Raum und in den Pflanzen und Tieren als Lebens-Bausteinen.

Was idealistisch klingt, und an Fläche derzeit in den westlich-zivilisierten Ländern eher noch an Boden verliert, erhält in dieser Zeit gleichwohl wachsende Nahrung. Auch wenn das nur idealistisch und noch nicht realistisch sein mag – es ist jetzt die Zeit, dass möglichst viele Menschen helfen geeignete Modelle dazu zu entwickeln, sie durch sich selbst zu erleben und ihre Erfahrungen zu teilen! –

Green Belt, Regenwaldschutz, Schutz der Taiga-Wälder, Iberia-Verde!, Bäume für die Erde!* – das alles sind Projekte, die einzelne überfordern und „realistisch" betrachtet keine Chance mehr zu haben scheinen. – Und doch regt sich viel bei den Menschen, mit Ideen, Worten und Modellen um Kleinsthöfe, Weidenbauten und essbare Wälder und Parks!

Alentejo - Häuschen

*Mit fortschreitendem Spiel
im tiefen, wachsenden Ernste
sich Druck und Zug Dir selbst nun geben*

Der Meister fragte ...

Der Meister fragte was *Tai Chi* sei.

Tai Chi ist fließen, in der Bewegung unmittelbar erkennbar und im Verhalten erfühlbar.

Tai Chi ist Ausdruck der ewigen Sphären- und Spiralenhar-monien im Universum.

Im Tai Chi wirst Du eins mit der Schwingung des Kosmos.

Tai Chi ist nachempfundene Bewegung alles Stofflichen, zudem alles Lebendigen, das Stoffliches auf hoher Ebene in Bewegung bringt und darin schwingen lässt, so dass es uns Menschen das Staunen, das Danken und das Glück lehren wird.

Tai Chi entsteht aus der bewussten oder unbewussten Verinnerlichung der Bewegungen natürlich fließender, stru-delnder, wirbelnder und sanft gleitender Wässer und Winde. Durch achtsame zudem konzentriert und gesammelt geübte Körperbewegung findet tiefe Verinnerlichung ihren Ausdruck, mit fortschreitender Übung durchaus naturgesetzlich Ästhetik und wachsende Gesundheit ausstrahlend.

Tai Chi entstand aus der Beobachtung weiterer „Äußerlichkeiten", es nährte sich aus dem Vor-Bild der Tiere und der Pflanzen, ihrer Bewegung ebenso wie der *Momente* ihres Innehaltens, und des Aufscheinens ihres Bewußtseins. Jener Beobachtung des Äußeren musste die innere Beobachtung ein kleines aber wesentliches Stück voraus gegangen sein.

Tai Chi stärkt in jeder Nuance der Bewegung Deinen Körper, es verleiht vom Äußeren Deiner Bewegung in feinst abgestimmter Resonanz ihre innere harmonische Entsprechung und Entfaltung.

Tai Chi dient Deiner gesamten Erscheinung, gibt Deinem vermuteten und schon hie und da erkannten eigentlichen Wesen Stütze, Kraft, Ausdauer und Tiefe.

Tai Chi ist wie ein kosmischer Wirbel und wie ihn die Physik beschreibt – *auf Alles und ins Unendliche wirkend.* Von einem scheinbar mikro-kleinen Wesen ausgehend, nämlich von D i r ausgehend, - als namenloser Staub unzutreffend empfunden - , im täglichen Üben der sich selbst vervollkommnenden Bewegung des Alls folgend und dienend.

Tai Chi dient den Menschen schon im Alleinsein. Es verstärkt seine sammelnden und deshalb heilenden Wirkungen und Funktionen, sobald es in einer guten Gemeinschaft geübt wird. Diese Gemeinschaft wird sich schon bei geringstem Signal auf den unausweichlichen Weg der Resonanz einstellen, sobald *Du* bereit dazu bist. Ein Bereitsein hierin erfahren wird, dessen bewußter Wahrnehmung es bei Dir selbst nicht bedarf.

Sobald es schrittweise im Einzelnen und dann mehr und mehr im Ganzen gelingt, erkennst Du klärend die überwältigende Aufgabe der Vervollkommnung. Dich ihr jeden *Moment* zu widmen gewährt e s Dir beglückend. Aus dieser Widmung heraus erfasst e s Dich schließlich. In Deiner Bewegung ist e s schließlich der Meister, der Deinen Körper bewegt.

Dies alles und mehr gibt es Dir und Deiner Welt umso mehr und umso wirksamer, je weniger Du es zu eben diesen oder anderen Zwecken übst. Um der Unnennbaren Vollkommenheit willen.

... dies hier Gesagte kann nicht mehr als ein ganz unvollständiger Versuch sein, den eigentümlichen Modus der Bewegung im Tai Chi zu ehren. Mit jeder Übung erfährst Du weitere klärende und bestärkende Erkenntnisse.
... ebenso wenig will hiermit gesagt sein, dass es der einzige Weg sei, der zum Ziel führt.

... so fragte Meister Zhang Xiao Ping
seine Schüler in Höxter um 2000

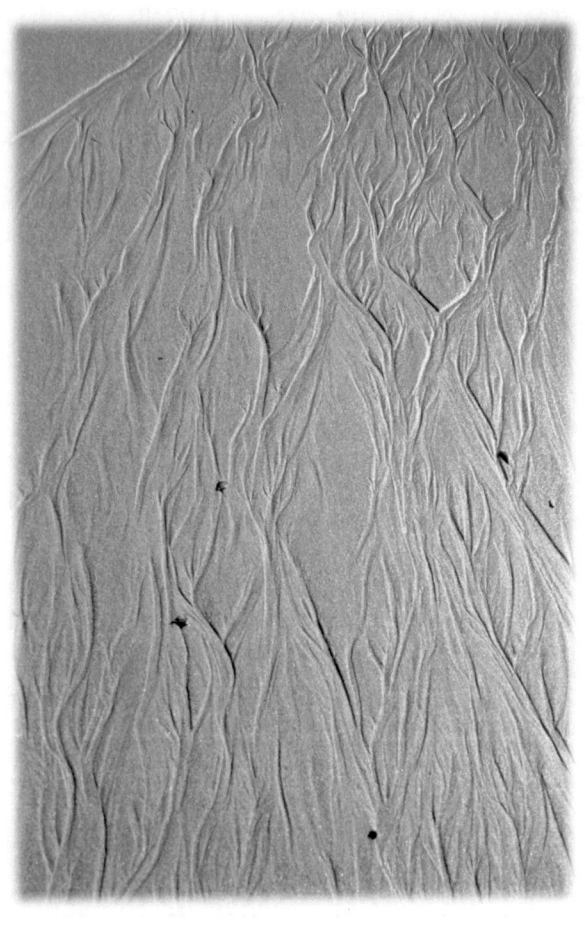

Tai Chi ist fließen - Leben ist fließen

Qi Gong und Tai Chi bei Haliotis

Mit jeder Bewegung kannst Du Qi Gong und Tai Chi üben. Bringe Harmonie in Deine Bewegungen durch jede Gelegenheit zu systematischer Übung. Und in der übrigen Zeit? Die bietet jede Möglichkeit *freies Tai Chi für Deinen Bewegungsalltag* zu üben! Das mag am Arbeitsplatz beginnen, *mit jedem Stapel Akten, der von hier nach da will, o*der auf dem Weg zum Essen – Außenstehende werden es gar nicht merken, Dein *bewusstes Gehen, die bewusste Körperhaltung.* In allen Momenten, da Entspannung und Konzentration gefunden werden kann. - Ein geschätzter Freund in der Schweiz wird sich ans *Bergbach-Tai Chi* erinnern – wie sollte man schöner ein Bergbach-Bett aus Kleinhaus-großen Felsen bergab und wieder bergauf hüpfen? Oder einem trippelnden Flußregenpfeifer gleich über Schottersteine fliegen, die vom reißenden Fluß aus den Alpen herbeisortiert wurden?
Dem *Bergbach-Tai Chi* ähnlich ist das *Karren-Tai Chi.* In Kalkgebieten gibt es vom Regen oft tief ins Gestein eingewaschene Spalten, Rinnen und Kavernen. Da kehrt das Gebirg´ Dir sein lückiges, zerfallendes Gebiß zu. Es wird an manchen Stellen glitschrutschig sein, und Du gehst oben

drüber weg! Derlei lehrt Dich Vorstufen zum Tai Chi. - Wo so erlebt? Zum Beispiel auf karstigen Bergkuppen im Emmental und in den Lechtaler Alpen bei der Freiburger Hütte.

Tai Chi – Klettern hat auch etwas! Hier im Südwesten kannst Du es in Olivenbäumen zur Erntezeit üben. Daheim in Ostwestfalen eigneten sich sehr gut die Pflaumenbäume – Schon ab 5cm Durchmesser sind Oliven- und Pflaumenäste wirklich sehr belastbar! Je höher Du gelangst kletterst Du mit umso größerer Achtsamkeit barfuß von Ast zu Ast - ebenso bewusst die Hände setzend. So erreichst Du die entferntesten Oliven oder Pflaumen.

Garten-Tai Chi übst Du im eigenen Garten, Deinem Schrebergarten, - und bei Haliotis am Hang beim Anlegen *Wachsender Hügelbeete*. Dabei an Tai Chi zu denken ist nicht notwendig. Die Verwandtschaft der Bewegung wird Dir auffallen - und warum es gut sein kann, bei der Anlage kleiner Garten-Mosaike auf Bagger zu verzichten.

Freie Übungen - der Phantasie sind dabei keine Grenzen gesetzt - ergänzen die vom Meister gelehrten Qi Gong- und Tai Chi - Übungen. Sie gehören zu den täglichen Verrichtungen bei Haliotis und sie erweitern die Aufgaben in den Gärten, mit den Pflanzen und Tieren um ein bedeutendes Angebot. Auch Yoga gehört dazu.

Bei mir waren zwei-drei kleinere Unfälle und Manches zuvor erforderlich, um mich zu dieser Bewegungskunst und ihrer umfassend heilenden und schützenden Art zu führen. - Das kannst Du einfacher haben!

Die Vision

Nach Jahren in den Städten zog er in den Wald – weitab von jeder Menschenseele. Er wurde *der Einsame* genannt. Darin lag Wertschätzung - und Abgrenzung zugleich. Manche brachten ihm Essen, wenn sie in diesen entfernten Teil des Landes gelangten. Manche verbrachten Tage bei ihm – reich beschenkt aus seinem Schweigen. - Nach Jahren -

* * *

- Der Einsame verlässt seine Hütte. Er sucht die Weite der Wälder und Berge. Er nimmt seine Flinte mit. Nahrung und Unterschlupf wird er draußen finden.

Wochenlang durchstreift er die Einsamkeit der Wälder und Berge. Und fühlt doch den Blick auf sich ruhen. So ist es, seit er denken kann. Jetzt sucht er den Blick, ihn zu schauen.

Die Berge führen den Einsamen in ein Tal, das sich nach Osten öffnet. Als er im Morgengrauen seinen Weg fortsetzt tauchen am Horizont Menschen auf. Sie schreiten ihm ebenso rasch entgegen, wie er ihnen entgegen geht. Und sie halten inne, wenn er verharrt. Sie tragen den Langbogen mit aufgelegtem Pfeil - und umso mehr gespannt, je näher sie dem Einsamen kommen. Es sind dreiundsechzig Bogenschützen.

Das Tal ist ausweglos, schützendes Strauchwerk ist weit zurückgewichen. Den Rückweg zieht er nicht in Betracht.

Die Sonne geht auf. Die Schützen halten inne und richten die gespannten Bögen auf den Einsamen. Er verharrt und hebt sein Gewehr. Zum letzten Kampf.

Zweiundsechzig Schützen schicken ihre Pfeile in einem *Moment* – um knappe Zentimeter an ihm vorbei. Er hört sie windrauschend ins Leere gehen. Im gleichen Moment sendet der an Gestalt Erhabenste aus der Mitte der Schützen seinen Pfeil direkt auf den Einsamen zu. - Mit trocken-wind-rauschendem Zug dringt der Pfeil in die Mündung der erhobenen Flinte, noch ehe sich ein Schuß lösen kann.

Der Einsame hält inne. Er nimmt die Flinte, besieht sie mit dem im Lauf steckenden, fein verzierten und unzweifelhaft tödlich wirkenden Pfeil. Ein Lächeln erscheint im Morgenlicht auf seinem Gesicht. Er kniet nieder und lässt das Gewehr sanft zu Boden gleiten.

Der erhabenste der Schützen schreitet auf den Einsamen zu, angemessen gefolgt von seinen Kriegern.

Beide stehen nun lange wortlos einander gegenüber und schauen sich ins Antlitz. Raum und Zeit sind aufgehoben.

Keiner des anderen bedürftig, jeder dem anderen gleich. Ein jedes seinem Gegenüber in ungeteilter LIEBE präsent.

Im „später", dessen „wann" keine Rolle mehr spielt, sehen wir vierundsechzig Menschen im Lichte des Mittagsgestirns unter kristallblauem Himmel gemeinsam zum Fluß gehen. Sich zu waschen und das Aufleuchten der Sterne zu erwarten.

Ich-vergessen

Vergessen war die Zeit, da sie vor diesem unverstehbaren Moment Angst hatten, da sie empfanden, jener Moment bedeute und erfordere unausweichlich des anderen Tod. Den Tod ihres Ichs. Die Gewissheit des Selbst war zurückgekehrt, die ihnen entglitten war seit der Zeit, da sie sprechen gelernt hatten.

Seither bedurfte es im Leben dieser Gemeinschaft weder Lachen noch Tränen. Das Leben war von ewigem Lächeln erfüllt. Dem Universum gleich.

Vision einfach praktisch

Gibt es in Deinem Leben Aufgaben, von denen Du glaubst, nur Du könntest sie so und richtig erfüllen? Wirst Du darum befragt, so beschenke Dein Gegenüber damit, und widme Dich einer anderen Deiner vielen Aufgaben. An diesem Geschenk wachst ihr beide, und ohne dies fehlt Euch beiden ein Licht.

Der Lebenskrug

Wahres Leben – das Universum –
das Ein-Wahr-Bin

Es kann kein Zweifel bestehen, dass es wahres Leben gibt. Dass man darin sich als wahrhaftig verhalte, ist seine geringste und schon nicht leichte Voraussetzung.

Für jede Unklarheit und auch nur den kleinsten Ansatz zur Unwahrheit wirst Du umso mehr gefordert, je näher Du dem Zustand des wahren Lebens kommst. Dies gilt vor allem für alles Entsprechende Deinem Selbst gegenüber.

Das wahre Leben hat nichts mit „Geschäft" zu tun. Oder mit „Streß". Oder mit „Idealismus". So auch mit anderen *Alltäglichkeiten*, wie es die *Zeit* darstellt. Jede Andeutung davon deutet auf Deinen Abstand zum wahren Leben hin.Es dient nicht Deinem Weg zum wahren Leben, Dir oder anderen des Abstands wegen einen Vorwurf zu machen. Allenfalls entfernte Dich dies noch mehr von Deinem und der Beteiligten wahren Leben. Die hierin bemerkte Zusammengehörigkeit ist naturgesetzlich, und sie folgt ebenso aus dem Begriff des Universums wie aus dem des WAHREN LEBENs

Das wahre Leben besteht. Das wahre Leben ist und es bewegt – Dich und das gesamte Universum. Du kannst d a r i n sein oder a u ß e n vor – und es ist ebenso unbegreiflich wie unfassbar. Willst Du es festhalten, wirst Du nichts zu greifen spüren. Willst Du es benennen, wird es Dir keinen Namen flüstern. Denn auch die Bezeichnung, die wir benutzen, um dies zu beschreiben, ist in ihrer Begrifflichkeit zu unfrei, als dass sie wirklich dem wahren Leben gerecht werden könnte.

Es ist vermutlich richtig, dass das Leben auf dieser Erde, der Lebensstrom, dem wir Menschen angehören, dem WahreN Leben zustrebt, zweifellos w i r als nur eines von sehr vielen Elementen.

Und es ist vermutlich zugleich richtig, dass dieses Ziel bereits erreicht ist.

Vermutlich sagen wir deshalb, weil selbst *wissen*, und eben nicht nur vermuten, in dem uns im Ich-Zustand vertrauten Modus *kein Bestandteil dieses EINEN ZUSTANDES* ist.

Ein Charakteristikum der Welt ist, dass es einen Zustand gibt, der erreicht ist , und zeitgleich andere Zustände die a u f d e m W e g zu diesem einen Zustand sind. Die es also erst zu erreichen gilt. Gäbe es nicht ersteren einen Zustand, so könnte es die letzteren anderen Zustände nicht geben.

Soweit dies unglaublich erscheint, dient es wenigstens als Ausdruck der genannten Eigenschaften des Nicht-Greifbaren und Nicht-Benennbaren.

Die Welt in diesem Sinn ist ebenso zugleich in sich abgeschlossen und vollkommen in jeder Hinsicht, wie sie in unaufhaltsamer Entfaltung ihrer Eigenschaften und aller in ihr geltender Gesetze befindlich ist. Diese Erkenntnis kann als atemberaubend empfunden werden. Auch es mit DANKBARKEIT zu erkennen ist eine angemessene Position des Ichs. In dem *Moment*, da die DANKBARKEIT vollkommen empfunden wird, entschwindet das Ich – sich darin als weiterer Weg zu diesem EINEN ZUSTAND zu erkennen gebend.

Stärker noch, und daher im Ich-Zustand offenbar verfänglicher ist es, dieses Charakteristikum der Welt zu lieben. LIEBE neigt im *Ich-Stadium* und im Laufe der *Zeit* dazu, dem grundlegenden Ich-Welt-Merkmal, den Menschen zum *Festhalten* zu führen. *Festhalten* ist ein Ausdruck von Begrenzung und Mangel. *Festhalten* unterdrückt das Selbst und belastet das Gegenüber. Diese Schwächen entfallen in dem *Moment*, da LIEBE zwecklos und richtungslos – und damit auch in Richtung zu jedem DU empfunden und gelebt wird. Auch diese wiederum unausweichliche Erkenntnis vermag dem Ich in seiner Welt noch eine Ursache der Angst zu sein.

Die Welt in diesem offenbar übergeordneten, unsere Welt einschließenden Sinn, ist ebenso zugleich abgeschlossen und vollkommen in jeder Hinsicht, wie sie zugleich in unaufhaltsamer Entfaltung aller ihrer Eigenschaften befindlich ist, also aller ihrer auch mechanisch oder ansonsten uns Menschen vertrauten Wege und Ausdrucksformen, und einschließlich der in ihr geltenden, mit-evoluierenden Gesetze. Jene Gesetze folglich im universalen Sinn einer steten Wandlung sich erfreuen – nicht etwa ihr „unterliegen" - und nur für uns Menschen außerhalb dieses EINEN ZUSTANDES als festliegend und demzufolge verlässlich beschreibbar werden.

Im Zustand und Geschehen des Lebensstroms fand die Wahrnehmung eines Ich anscheinend nur bei uns Menschen statt – für uns Menschen zunächst nur so erkennbar und bislang nur so annehmbar. Tieren, und da nur wenigen Arten, gestatten wir dies vermeintliche Privileg ebenfalls, doch wohl nur unvollständig. Das wird mehr noch als eine Fehleinschätzung oder eine Unterschätzung vor allem als eine die Menschen selbst auf ihrem Weg hindernde Auffassung erkannt werden.

Wahres Leben setzt keine Zeit, setzt keinen Wert, es gibt keinerlei „Mehr" oder „Minder"... . Es setzt keinen Preis. Es berechnet nicht zugunsten eigenen Vorteils, weder Sachen noch menschliches Gegenüber. Diese Aufzählung ist leicht fortzusetzen, doch fürs Verständnis ist dieses *Mehr* nicht erforderlich.

Unsere Gesellschaft ist unaufhaltsam und naturgesetzlich auf dem Weg zum WAHREN LEBEN.

Die Nähe zu diesem Stadium wird daran erkennbar je mehr Menschen sich dem Erreichen dieses einen Zustandes widersetzen. Vielfältige Prozesse werden dazu von Menschen in Gang gesetzt werden, um sich der Annäherung bis zu deren Erfüllung zu verschließen.

Gibt es im WAHREN LEBEN Menschen, die etwas tun? Gibt es darin Probleme, Aufgaben? Gibt es darin Genuß? Und zweifellos höher anzusetzen: gibt es darin Glück? Darauf wissen wir alle ungeachtet unserer aktuellen Ferne von diesem einen Zustand die Antwort - unbewusst bis bewusst werdend. Noch neigen wir dazu, vor ihr zu scheuen oder, so sie gestellt wurde, der einzig möglichen Antwort auszuweichen, - und gar sie im Ansatz für uns „schon" verwirklichen zu wollen.

Das WAHRE LEBEN zu erreichen erfordert nicht Deinen körperlichen Tod. Dein seelischer ohnedies unmöglich ist. Es erfordert nur und nicht weniger als den Tod Deines Ich.

Eine Ausdrucksform des Wahren Lebens ist das zwecklose, unvoreingenommene und daher von jeder Bezogenheit freie, reine Lächeln. In dieser Form ist Lächeln Ausdruck von unwiderstehlicher Stärke, Mut und Wirkung, wie sie in den Ich-Zustands-Welten so vollkommen weder fassbar noch glaubbar sind.

Wahres Leben ist leben. Derartige Einfachheit der Aussage mag den Argwohn Deiner Ich-Welt-Bezogenheit erwecken. Die darin erahnbare Einfachheit ist unbeschreiblich.

Wahres Leben ist ein Vorgang, der Zeit als begrenzende Eigenschaft nicht kennt. Diese Vorstellung ist unserem derzeitigen Ich-Welt-Sein so fremd, dass sie Menschen dazu bewegt, diesen Zustand (ihrer Auffassung nach) bewusst nicht anzustreben. Da wir aus vorgeburtlicher Phase das „Wissen" um jenen einen Zustand mitbringen, um ihn – nur befristet im Lauf des uns derzeit vertrauten Menschenlebens - zu verlieren, werden wir unserer Idee ums wahre Leben in nicht zu ferner Zukunft gewahr. An die Stelle der Fremdheit, aus dem frühkindlichen ins erwachsende Leben hinein gleitend erworben und im Wechsel-Miteinander der Menschen je gestärkt und selten zu hinterfragen gewagt, tritt in zeitlosem Abstand das Wissen um den einen Zustand. Welches als ein Synonym den Begriff *Freiheit* erhalten mag. Mit aller Einschränkung, die zuvor für den Begriff des WAHREN LEBENS selbst genannt wurde.

Dem *Verlieren des Wissens um jenen einen*

Zustand und ihn so zu erreichen, dient es im Fluß und somit in der Entfaltung zu sein, - geradezu unvermeidlich angesichts der Eigenschaft dieses fließenden Universums.

Der Disput ist ebenso unendlich wie er für Dich in einem nicht nennbaren *Moment* seine Erlösung findet.

Der eine Zustand besteht ohne Zeit im bemessenden und begrenzenden Sinne. Unser zeitlicher Abstand zu ihm ist Null, – ungeachtet seiner vermeintlich beträchtlichen Größe in den Welten der Ich-Zustände. Dies gilt ebenso für den Raum sowie weitere Eigenschaften der von uns verstandesmäßig betrachteten und charakterisierten Welt.

Deinen Eintritt in das WAHRE LEBEN nimmst Du bereits durch nur je eine der genannten Empfindungen DANKBARKEIT, LIEBE, GLÜCK, sobald Du Dich ihren vollkommensten Eigenschaften und in ihren freien, unbeschränktesten Ausprägungen hingegeben hast. Hingabe an die VOLLKOMMENMHEIT sodann als Dein Ausdruck des vollkommenen Verlusts der Angst.

In dieser Welt zu leben ist deshalb uneingeschränktes Glück. Eine Erkenntnis, die Du um Deiner Selbst willen nicht verleugnen solltest.

Ausdruck des Glücks ist es - welche Größe! –

dass die *Entscheidung gegen oder fürs Glück ausschließlich bei Dir* liegt. Sicherheit bei allem gibt Dir, obwohl Du solcher zu keiner Zeit Deines Ich-Welt-Lebens wirklich bedarfst – und gleich ob bewusst oder unbewusst - , die Tatsache, dass Du sie bereits zugunsten des Glücks getroffen hast. Ungeachtet der Interpretation Deines Zustandes, dessen Du Dir derzeit bewusst bist.

„Sei glücklich" geben uns wohl eben deshalb
in so auffälliger Überreinstimmung alle wahrhaft großen Weisheitslehrer mit auf den Weg!

Sei glücklich!

Getragen werden wie bei Bonobos

Da wir aus vorgeburtlicher Lebensphase das „Wissen" um jenen
einen Zustand mitbringen, um ihn – nur befristet im Lauf
des uns derzeit vertrauten Menschenlebens – zu verlieren,
werden wir unserer Idee um das wahre Leben
in nicht zu ferner Zukunft gewahr.

Die Wiederentdeckung des Kontinuums der Liebe

Auf der Suche nach dem verlorenen Glück lautet der Titel eines der grundlegenden Bücher zum Verständnis unserer Art zu leben. Das Buch wurde von *Jean Liedloff* unter dem Titel The Continuum-Concept erstmals 1977 in den USA veröffentlicht. Unsere Art zu leben bedeutet uns selbst zugrunde richten (lassen), krank an Seele und Körper sein, und viel Bedauerliches, Fehlgeleitetes mehr – und in trauriger Folgerichtigkeit Natur zu zerstören. Diesen zerstörerischen Weg zu verlassen, und an seiner Stelle den Weg des Aufbauenden, Wachsenden zu finden und zu gehen erfordert *Momente des Abstandes.* - *Abstand* findest Du am Waldrand, am Bergbach, am reißenden Fluß, im Gebirge oder in der Wüste, *abseits* der Unrast und lauten Hektik des scheinbar ewigen Machens. Dort – im Abstand - begegnest Du dem WAHREN LEBEN.

Aus vorgeburtlicher und aus frühkindlich-unbewußer Lebensphase her ruhrendes Lastendes könnte in einer Generation, in Deinem jetzigen Leben also, nicht ganz *heilbar* sein. Einen *Anfang* zu *machen* ist notwendig, sobald in Grundzügen erkannt wurde, was die menschlichen Ursachen für unser Dilemma mit Umwelt und Welt sind.

JETZT IST DER MOMENT DES ANFANGS.

Nachworte

Was ist neu an diesem Buch? Vieles oder sogar alles ist doch bekannt, ist schon oft geschrieben und gesagt worden? Vor zweitausend Jahren schon mochten sie genügt haben, die Essenz aus Sokrates´ Dialogen, die Worte Buddhas, die Essenz der Bibel (die vielen grauslichen Geschichten dabei ohne konstruktiven Wert sind und allenfalls ablenken), das Tao Te King (das eine Essenz der Bibel formuliert). In unserer Zeit sagen und schreiben es Thoreau, Gibran, Kalu Rinpoche, Tolle und täglich mehr - Nichts Neues seit mehr als zweitausend Jahren? All´ dem vielen Gesagten und Geschriebenen und bekannten zum Trotz sind wir nun auch für alle merkbar *global dem Ende nahe*, oder?

Uns fordert das JETZT
wie nie zuvor heraus –
also hinein, bitte!

Literatur

Braunroth, Eicke (2002): Heute schon eine Schnecke geküsst? – Frankeneck.

Caddy, Eileen (1986/1989): Herzenstüren öffnen. – Gutach i.Br.

Chang, Stephen (2004): Das TAO der ganzheitlichen Selbstheilung. – Berlin.

Fukuoka, Masanobu (1975,1990): Der große Weg hat kein Tor. Nahrung – Anbau – Leben. – Darmstadt.

Holmgren, David (2002/2004): Permaculture – Principles and Pathways beyond Sustainability. – Victoria/AUS.

Kubiena, Trude und Xiao Ping Zhang (1995): Tai Chi Quan. – Wien-München-Bern.

Kubiena, Trude und Xiao Ping Zhang: Duft Qi Gong. – Wien-München-Bern.

Liedloff, Jean (1977/1999): Auf der Suche nach dem verlorenen Glück. Gegen die Zerstörung unserer Glücksfähigkeit in der frühen Kindheit. - München.

Mollison, Bill (1989/1994): Permakultur konkret. – Mühtal u. Fulda.

Quinn, Daniel (1991/1992): Ismael. - München.

Thoreau, H.D. (1972): Walden oder Hüttenleben im Walde. - Zürich .

Tolle, Eckhardt (2005): Eine neue Erde. Bewusstseinssprung anstelle von Selbstzerstörung. - München.

Neuere Publikationen von und mit Bernd Gerken:
Sonnenburg Holger und Bernd Gerken (2005): Das Hutewaldprojekt im Solling. Ein Baustein für eine neue Ära des Naturschutzes. – Höxter.

Gerken, Bernd und Klaus Sparwasser (2007): Hutelandschaftspflege mit großen Weidetieren im Solling. DVD mit Booklet, Münster.

Gerken, Bernd (2007): Permakultur und eine Idee für natürlich leben. – Natürlich Leben 6/2007. - Heinsberg.

Gerken, Bernd (2008): Menschen sind Traglinge – überr Kultur und Fragment als dynamische Elemente des täglichen Lebens. – Natürlich Leben 1/2008. – Heinsberg.

Die Reihe Haliotis-Schriften und das Projekt Haliotis - Zentrum für Ökologie und Gesundheit

Anlaß und Ziele

Die Reihe **Haliotis-Schriften** erhält ihre Ideen und Texte aus dem Leben bei und für das Projekt **Haliotis**.

Haliotis lädt ein zu Besuchen, zu Tagesaufenthalten, zu Seminar- oder Exkursionen, zu Helferferien oder wirklichen Ferien – und all dies unter einfachen ländlichen Bedingungen für einige Tage bis einige Wochen. Als Praktikant beim Projekt **Haliotis** widmet man sich permakultureller Gartentätigkeit, Sanierung alter Häuser, Naturbeobachtung und weiteren Aufgaben.

Haliotis ist ein Familien- und Freundesprojekt und bietet familiäre Nähe. Im Konzept des Vorhabens „**Projekt Haliotis – Zentrum für Ökologie und Gesundheit**" spielen folgende Begriffe, Modelle und Aufgabengebiete eine tragende Rolle

Ökologie, Natur- und Artenkenntnis,

**Naturnahe Land- und Gartenkultur, Permakultur,
mit Lebensgemeinschaftsverständnis
und tätigem Landschaftsbewusstsein. Ökologie,
Entwicklungsgeschichte und Verhalten des Menschen und
Lebensmodelle fürs JETZT,
Wanderungen und erbauliches Gespräch.**

Dazu ergänzen sich wie selbstverständlich
**Kunst in Malerei und Musik sowie
achtsame Körperbewegung mit
Qi Gong und Tai Chi , Yoga und Meditation.**

Haliotis-Südportugal „spielt" unter einem meist kristallklaren, für mitteleuropäische Verhältnisse überreichen nächtlichen Sternenhimmel – atemberaubend Ihn etwas genauer anzuschauen. Dafür hält das Projekt unter anderem schon ein kleines Newton-Spiegelteleskop bereit. Wie die *Projektsternwarte* ist bei **Haliotis** alles im Aufbau.

Haliotis setzt Kontraste. Mit jeder seiner Aufgaben, von der Permakultur, der Nahrungswahl, des künstlerischen zum wissenschaftlichen Naturzugang – malend, musizierend und singend – bis zu achtsamer Bewegung und weit reichendem Gespräch ermutigt es zum ganzen, eigenen Weg.

Zum Gedeihen der Projektidee kommen Menschen, die ihre Ideen und ihre Kraft einbringen und die Mittel, ihnen die Lebensgrundlagen zu sichern.

Haliotis ist ein Netzwerkprojekt - es hat und findet rund um die Welt weitere Partner!

Die Projektziele, das aktuelle Programm, ein Rückblick auf das letztjährige Programm - und alles weitere Wissenswerte um **Haliotis** beschreibt www.haliotis.net. Das Programm, Informationen über aktuelle Möglichkeiten der Mitwirkung am Aufbau und der gezielten Förderung senden wir per e-mail oder Post zu.

Kontakt:
Prof. Dr. Bernd und Dipl.- Biol. Annette Gerken
Haliotis – Zentrum für Ökologie und Gesundheit
Fitos, CP 1044, P – 7670-604 Santana da Serra, Portugal
+ 351 283 88 10 20, bghaliotis@gmail.com und www.haliotis.net.
Anschrift des Verfassers in Deutschland:
Prof. Dr. Bernd Gerken c/o Theo Elberich, Born 28, 37696 Marienmünster-Born

Weitere Haliotis-Schriften -
Vorschau auf die nächsten Bücher

Band 2 trägt den Titel **Lebensfreude statt Leberwurst** und ist ein lebendiger Erfahrungsbericht aus einer Nahrungs-Umstellung auf Rohkost. Er ist im Druck und erscheint im ersten Halbjahr 2008.

Band 3 trägt den Titel **Dinosaurier im Alltag**. Dieser Band enthält viele fröhlich – nachdenklich - verlockende Geschichten aus Ideen, Zufällen und Praxis des Alltags zwischen Mitte und Südwesten Europas. Der Alltag gibt uns ebenso viele Rätsel auf wie er erstaunliche Erfahrungen mit dem „Menschlichen-Allzumenschlichen" bietet. Dabei auch so manche ältere Dame und älterer Herr der Kulturgeschichte hineinwirkt. Band 3 erscheint 2008

Band 4 bietet eine Sammlung von Vorträgen und Seminaren, die im Rahmon von Cultura na Quinta bei Silves/Algarve sowie weiteren Anlässen 2007 und 2008 gehalten wurden. Band 4 erscheint zum Jahresende 2008.

Geschichten aus einem Leben zwischen den Welten Mittel- und Südwesteuropas – über eine von Bränden heimgesuchte Landschaft und trockenrissige, ausgemergelte Böden, über heiße, Wasser zehrende Winde und nasskalte Winter mit Regenfluten. Länder unter der Sonne, der Erosion preisgegeben. Und doch: es sind Länder wie schlafende Oasen, in denen eine grüne lebensvolle Landschaft steckt. –
Dies ist ein kleines Buch für Menschen, die nach konkreten Wegen suchen, ihren Lebenswunsch zu verwirklichen und dies in wachsendem Einklang mit der sie tragenden Natur zu erreichen. Ein Buch für Siedler – in der Idee zunächst dem Lebenswunsch nachzuspüren, -
oder sogleich in Deine neue Wirklichkeit zu schreiten!

Bernd Gerken (*Januar 1949) studierte Naturwissenschaften in Freiburg/Brsg., arbeitete als Naturkundler und lehrte und forschte über Moore, Auen und Wald-Weidelandschaften.

Praxisbezogene Naturschutzforschung brachte Leben in die Regionen seines Wirkens. Im Solling grasen deshalb Auerochs-ähnliche Rinder und ursprüngliche Exmoorponies im Eichen-Buchen-Forst-Wald. Dort rufen sie aus Kindertagen vertraute, steinzeitliche Erinnerungen in eine neue Natur-und-Mensch-Zukunft herüber. In bedrohter Natur sind wir Menschen selbst gefährdet. In wachsendem Verständnis der Natur sich selbst zu begegnen stärkt den Mut zum eigenen Weg – JETZT. Mit **Haliotis** bauen Bernd Gerken und seine Familie dazu in Südportugal das Zentrum für Ökologie und Gesundheit auf.

www.haliotis.net